O CARNAVAL DOS ANIMAIS

Moacyr Scliar

O CARNAVAL DOS ANIMAIS

Texto de acordo com a nova ortografia.

Este livro foi publicado pela Editora Movimento, em 1968.

Capa: Ivan Pinheiro Machado. *Ilustração*: acervo L&PM Editores
Ensaio biobibliográfico: Regina Zilberman
Preparação: Bianca Pasqualini
Revisão: Jó Saldanha

CIP-Brasil. Catalogação na publicação
Sindicato Nacional dos Editores de Livros, RJ

S434c

Scliar, Moacyr, 1937-2011
    O carnaval dos animais / Moacyr Scliar. – Porto Alegre [RS]: L&PM, 2018.
    128 p. ; 21 cm.

    ISBN 978-85-254-3809-6

    1. Ficção brasileira. I. Título.

18-52611   CDD: 869.3
                    CDU: 82-3(81)

Leandra Felix da Cruz - Bibliotecária - CRB-7/6135

© 2018, herdeiros by Moacyr Scliar

Todos os direitos desta edição reservados a L&PM Editores
Rua Comendador Coruja, 314, loja 9 – Floresta – 90.220-180
Porto Alegre – RS – Brasil / Fone: 51.3225.5777

Pedidos & Depto. Comercial: vendas@lpm.com.br
Fale conosco: info@lpm.com.br
www.lpm.com.br

Impresso no Brasil
Primavera de 2018

Sumário

MOACYR SCLIAR: A VIDA É A OBRA
Regina Zilberman 7

O CARNAVAL DOS ANIMAIS 17
I – O carnaval dos animais
    Os leões 23
    As ursas 27
    Coelhos 31
    A vaca 35
    Cão 39
    Shazam 45
    Torneio de pesca 51
    Nós, o pistoleiro, não devemos ter piedade 55
    Cego e amigo Gedeão à beira da estrada 59
    Pausa 63

Canibal 67
O velho Marx 71
Leo 81
Uma casa 85

II – Outras histórias

Trem fantasma 93
O dia em que matamos James Cagney 95
Reino vegetal 99
Carta de navegação 103
Ecológica 109
Antes do investimento 113
Comunicação 119
Alô, alô 121
O doutor Shylock 123

Moacyr Scliar:
a vida é a obra

*Regina Zilberman**

Moacyr Scliar nasceu em Porto Alegre, no Rio Grande do Sul, em 23 de março de 1937. Seus pais, José e Sara, eram europeus que migraram para a América em busca de melhor sorte. Judeus, haviam sido vítimas de perseguições em sua terra natal, e o Brasil se apresentava como nação acolhedora, que de modo amistoso e promissor recebia os que a procuravam.

Ele passou a maior parte da infância no Bom Fim, o bairro porto-alegrense onde se instalou a maioria dos judeus que escolheu a capital do estado para morar. Estudou primeiramente na escola israelita; depois, no Colégio Rosário, concluindo o ensino médio no Colégio Estadual Júlio de Castilhos.

Datam deste tempo as primeiras experiências com a literatura. Também por essa época recebe um prêmio literário, o primeiro de muitos que se sucederiam ao longo de

---

* Nasceu em Porto Alegre. Doutora em Romanística pela Universidade de Heidelberg, na Alemanha, com pós-doutorado na University College, University of London (Inglaterra), e na Brown University (Estados Unidos). É professora adjunta do Instituto de Letras da Universidade Federal do Rio Grande do Sul (UFRGS). Entre suas publicações se destacam: *Brás Cubas autor, Machado de Assis leitor* (UEPG, 2012), *A leitura e o ensino da literatura* (IBPEX, 2010) e *Fim do livro, fim dos leitores?* (Senac, 2009).

7

sua vida. Mas, profissionalmente, decide-se pela medicina, em cuja faculdade ingressa em 1955. A medicina constitui igualmente a matéria de seu livro inaugural, *Histórias de médico em formação*, de 1962, ano em que concluiu o curso universitário. Doravante, as duas carreiras – a de escritor e a de médico – são percorridas juntas, complementando-se mutuamente.

O médico dedicou-se sobretudo ao campo da saúde pública, embora atuasse também como professor na Faculdade Católica de Medicina, atualmente Universidade Federal de Ciências da Saúde de Porto Alegre. A carreira docente iniciou em 1964, e em 1969, a de servidor da Secretaria Estadual da Saúde, onde atuou em campanhas voltadas à erradicação da varíola, da febre amarela e da paralisia infantil, entre outros males que afetavam o bem-estar da população, especialmente a de baixa renda.

Também são de contos os livros posteriores a *Histórias de médico em formação*: *Tempo de espera*, editado em parceria com Carlos Stein, de 1964, e *O carnaval dos animais*, de 1968, obra que julgava superior às precedentes. Com efeito, aqui se encontra um contista maduro, consciente das características do gênero a que se dedica e de suas próprias potencialidades. Dentre essas, destacam-se a opção pela literatura fantástica e a escrita de narrativas curtas, antecipando o minimalismo propugnado pela corrente pós-modernista. Observa-se igualmente a introdução de personagens de origem judaica, como o pensador Karl Marx, ficticiamente aposentado em Porto Alegre.

A guerra no Bom Fim aparece em 1972, importando algumas das características sugeridas em *O carnaval dos animais*. O alinhamento ao gênero fantástico é plenamente assumido, ao lado da exposição do cenário porto-alegrense, prometido desde o título da obra. Outra promessa de *O carnaval dos animais* se cumpre: personagens de origem judaica povoam o romance.

O exército de um homem só, de 1973, elege outra vez o Bom Fim como ambiente. Mas o bairro passa à condição de pano de fundo, salientando-se a personagem central, Mayer Guinzburg, conhecido como Capitão Birobidjan, dada sua fixação no comunismo soviético, que destinaria uma região junto aos rios Bira e Bidjan, na Sibéria, para acolher os judeus da Rússia, projeto frustrado, mas permanente na fantasia do herói.

Dois outros romances, *Os deuses de Raquel* e *O ciclo das águas*, de 1975, dão continuidade à temática vinculada à representação da vida judaica porto-alegrense. *Os deuses de Raquel* desloca a personagem para outro bairro da geografia de Porto Alegre, o Partenon, cujo nome, de procedência clássica, só faz salientar as idiossincrasias que a obra destaca, materializadas no comportamento da personagem principal. *O ciclo das águas*, também transcorrido em Porto Alegre, aprofunda o procedimento que tem em *A guerra no Bom Fim* uma de suas manifestações: a diferença de gerações, opondo os imigrantes, que não perderam suas marcas de origem, aos judeus nascidos no Brasil, que almejam assimilar-se, apagando os sinais que os associam a uma etnia nem sempre festejada.

Essa tônica alcança um de seus pontos altos em *O centauro no jardim*, de 1980. No relato da trajetória de Guedali Tartakovsky, identifica-se o travejamento básico da ficção de Scliar: o uso de elementos fantásticos – no caso, a criação de uma personagem que, sendo centauro, não é menos humano – e a presença da cultura judaica, cindida entre os herdeiros do passado europeu e os adaptados à vida brasileira, empurrados na direção de uma escolha entre uma das situações. Dois outros romances, *A estranha nação de Rafael Mendes*, de 1983, e *Cenas da vida minúscula*, de 1991, complementam o ciclo. O primeiro enfatiza o prisma histórico, destacando a participação dos judeus no passado brasileiro, marcado, também em nosso país, por perseguições e dificuldades de adaptação. O segundo recupera aspectos de *O centauro no jardim*, já que valoriza o enquadramento da narrativa à literatura fantástica; mas, ao importar personagens do Velho Testamento, como o rei Salomão, Scliar abre caminho para o veio, o dos enredos protagonizados por figuras bíblicas, que ocupa os derradeiros dez anos de seu percurso literário.

O ficcionista, contudo, não abandonou o conto, com que abrira sua caminhada de escritor. Em *A balada do falso Messias*, de 1976, volta ao relato curto, localizando as narrativas, exceção feita à que dá título ao livro, no mundo urbano e contemporâneo. *Histórias da terra trêmula*, de 1977, *O anão no televisor*, de 1979, *O olho enigmático*, de 1986, e *A orelha de Van Gogh*, de 1989, definem a contribuição de Moacyr Scliar ao gênero, como a mencionada opção pelo minimalismo. Outra de suas marcas é a presença de personagens que fogem à normalidade do cotidiano, apresentando anomalias sintomáticas dos desvios éticos ou psíquicos provocados por uma sociedade violenta e competitiva.

No conto, emerge o crítico da sociedade capitalista, cujas perversidades se materializam no comportamento ou na aparência extravagante dos heróis. A temática judaica passa para segundo plano, evidenciando o pluralismo das vertentes percorridas pelo ficcionista.

O pluralismo mostra-se igualmente quando se observam seus outros romances e novelas, nos quais se podem destacar duas linhas de ação. Em uma delas, Scliar vale-se da experiência como médico e pesquisador da área da saúde para criar personagens emblemáticas de sua profissão. O Marcos de *O ciclo das águas*, professor de História Natural preocupado com o bem-estar ambiental, antecipava essa tópica, mas ela se desdobra na criação de Felipe, o *Doutor Miragem* (1978). Jovem de origem humilde, ele tem ambições: sucesso na carreira e riqueza, o que acaba conquistando ao renunciar à ética profissional.

O ângulo social e militante da medicina mostra-se em outro romance, *Sonhos tropicais*, de 1992. Focado na trajetória de Osvaldo Cruz, o paladino da luta em prol da vacina contra a febre amarela e a varíola no Rio de Janeiro do começo do século XX, Scliar revela as dificuldades por que passa um profissional idealista. Que o escritor discorria sobre essas questões com conhecimento de causa indicam-no não outros livros de ficção, mas as crônicas publicadas na imprensa de Porto Alegre e os ensaios editados a partir de 1987, reunidos em *Do mágico ao social* (1987), *Cenas médicas* (1987) e *A paixão transformada* (1996). Outra linha de ação da obra de Scliar diz respeito à abordagem de questões políticas, marcadamente as que se destacaram em nossa história. Em *Mês de cães danados*, de 1977, o ficcionista aborda o episódio conhecido como Legalidade, quando os gaúchos se mobilizaram no sentido de garantir a posse de João Goulart na presidência da República, sucedendo a Jânio Quadros, que renunciara ao cargo. Em *Cavalos e obeliscos*, de 1981, ele retrocede cronologicamente, para dar conta da participação – outra vez, dos rio-grandenses – na Revolução de 1930. *Max e os felinos*, do mesmo ano, situa o tema político em contexto geográfico mais amplo, pois o herói do título provém da Europa, deparando-se com a opressão do poder, a que se obriga a enfrentar, enquanto condição de garantir sua identidade. Em *A festa no castelo*, de 1982, episódios decorrentes do golpe militar de 1964 sugerem o pano de fundo da novela.

Pertence a essa linha de trabalho o último romance que Scliar publicou: *Eu vos abraço, milhões*, de 2010. Situando a ação nos anos 1930, à época em que Getúlio Vargas chegava ao poder e ao controle do Estado nacional, o ficcionista dá conta da trajetória de uma personagem de esquerda, seduzida inicialmente pela ideologia comunista, mas, aos poucos, desencantada com a burocracia do Partido, as dificuldades de transformar palavras em ação, a inacessibilidade dos dirigentes.

Contos, novelas e romances sugerem que o judaísmo não concentrou a produção integral de Moacyr Scliar. Mas, sem dúvida, as questões vinculadas à etnia hebraica, sua história, tradição e personalidades estiveram presentes em todos os passos de seu caminho. Em *Os voluntários*, de 1979, é o retorno a Jerusalém, meta sionista de uma das personagens, que move a trama, sendo o insucesso o sinal de que se trata de uma tarefa árdua para todos, judeus e não judeus. Também em *A majestade do Xingu* (1997) Scliar contrapõe duas personagens, para traduzir dois percursos colocados aos imigrantes judeus: o comércio, limitado e frustrante, corporificado pelo protagonista e narrador, e a militância política, sintetizada nas ações de Noel Nutels, o médico e indigenista que dedicou a vida a seus ideais. Em *Na noite do ventre, o diamante*, de 2005, também são imigrantes as figuras principais do enredo, pessoas que lutam por sua liberdade, ao buscar escapar da ameaça nazista.

Com *A mulher que escreveu a Bíblia*, de 1999, *Os vendilhões do templo*, de 2006, e *Manual da paixão solitária*, de 2008, Scliar afirma sua contribuição definitiva à literatura brasileira de temática judaica. Esses romances constroem-se a partir de personalidades paradigmáticas da Bíblia: Salomão, Jesus e Onam. Mas essas figuras, de passado histórico ou mítico, não protagonizam os enredos; retomando o processo narrativo experimentado em *Sonhos tropicais* e *A majestade do Xingu*, Scliar apresenta-os de modo colateral, sob o olhar de um outro, muito mais próximo do leitor.

Em *A mulher que escreveu a Bíblia* e em *Manual da paixão solitária*, esse olhar é conduzido por uma mulher; em *Os vendilhões do templo*, pelo modesto e anônimo mercador de objetos sagrados, cuja mesa fora derrubada pelo Cristo em visita à sinagoga de Jerusalém. O efeito desses encontros, porém, é definitivo, podendo ser, de uma parte, criativo, como ocorre à jovem autora das sagradas escrituras, de outra, devastador, como acontece ao comerciante. Mas nunca é indiferente, facultando a Scliar refletir sobre as consequências de atos de indivíduos de alguma grandeza sobre as pessoas comuns, que, diante dos marcos históricos, nem sempre sabem como reagir.

Além de patentear o pluralismo e a diversidade de sua escrita, Scliar dedicou-se a múltiplos gêneros. Contos, romances, novelas e ensaios enfileiram-se ao lado da crônica, exemplificada por *A massagista japonesa*, de 1984, ou da experiência com quadrinhos, como em *Pega pra Kaputt!*, de 1977, redação dividida com Josué Guimarães, Luis Fernando Verissimo e Edgar Vasques. Ele responsabilizou-se também por um número significativo de livros dedicados a crianças e jovens, alguns de cunho memorialista (*Memórias de um aprendiz de escritor*, de 1984), outros de orientação histórica (*Os cavalos da república*, de 1989; *O Rio Grande farroupilha*, de 1993), sem esquecer as adaptações de clássicos brasileiros (*Câmera na mão, O guarani no coração*, de 1998; *O mistério da casa verde*, de 2000; *O sertão vai virar mar*, de 2002). A maioria, porém, originou-se de sua imaginação, permitindo-lhe a interlocução com o leitor adolescente, que se deleita com *O tio que flutuava*, de 1988, *Uma história só pra mim*, de 1994, ou *O irmão que veio de longe*, de 2002, entre tantas histórias ricas de fantasia e entretenimento.

Tanta criatividade reunida não poderia deixar de ser premiada, o que ocorre em 2003 com a eleição unânime de Moacyr Scliar para a Academia Brasileira de Letras. Afinal, o escritor já então construíra um legado de mais de setenta livros. Sua fecundidade, porém, não se interrompeu, até que a morte veio buscá-lo em 27 de fevereiro de 2011.

Lê-lo desde então não é apenas a maneira de desfrutar sua obra, mas também de reencontrar um artista pleno que, com personagens e situações, enriqueceu o imaginário brasileiro por cinquenta anos.

O CARNAVAL DOS ANIMAIS

A primeira parte deste livro compreende histórias da primeira edição de *O carnaval dos animais* (Editora Movimento, Porto Alegre, 1968), modificadas.
A segunda parte consta de histórias escritas posteriormente.

Moacyr Scliar

I
O CARNAVAL DOS ANIMAIS

Os leões

Hoje não, mas há anos os leões foram perigo. Milhares, milhões deles corriam pela África, fazendo estremecer a selva com seus rugidos. Houve receio de que eles chegassem a invadir a Europa e a América. Wright, Friedman, Mason e outros lançaram sérias advertências a respeito. Foi decidido então exterminar os temíveis felinos. O que foi feito da maneira que se segue.

A grande massa deles, concentrada perto do Lago Tchad, foi destruída com uma única bomba atômica de média potência, lançada de um bombardeiro, num dia de verão. Quando o característico cogumelo se dissipou, constatou-se, por fotografias, que o núcleo da massa leonina tinha simplesmente se desintegrado. Rodeava-o um setor de cerca de dois quilômetros, composto de postas de carne, pedaços de osso e jubas sanguinolentas. Na periferia, leões agonizantes.

A operação foi classificada de "satisfatória" pelas autoridades encarregadas. No entanto, como sempre acontece em empreendimentos desta envergadura, os problemas residuais constituíram-se, por sua vez, em fonte de preocupação. Tal foi o caso dos leões radioativos, que, tendo escapado à explosão, vagueavam pela selva. É verdade que cerca de vinte por cento deles foram mortos pelos zulus nas duas semanas que se seguiram à explosão. Mas a proporção de baixas entre os nativos (dois para cada leão) desencorajou mesmo os peritos mais otimistas.

Tornou-se necessário recorrer a métodos mais elaborados. Para tal criou-se um laboratório de treinamento de gazelas, cujo objetivo primário era liberar os animais do instinto de conservação. Seria fastidioso entrar nos detalhes deste trabalho, aliás muito elegante; é suficiente dizer que o método utilizado foi o de Walsh e colaboradores, uma espécie de *brainwash* adaptado a animais. Conseguido um número apreciável de gazelas automatizadas, foi ministrada às mesmas uma forte dose de um tóxico de ação lenta. As gazelas procuraram os leões, deixaram-se matar e comer; as feras, ingerindo a carne envenenada, vieram a ter morte suave em poucos dias.

A solução parecia ideal; mas havia uma raça de leões (poucos, felizmente) resistente a este e a outros poderosos venenos. A tarefa de matá-los foi entregue a caçadores equipados com armamento sofisticado e ultrassecreto. Desta vez, sobrou apenas um exemplar, uma fêmea que foi capturada e esquartejada perto de Brazzaville. Descobriu-se no útero da leoa um feto viável; pouco radioativo, o animalzinho foi criado em estufa. Visava-se, com isto, a preservação da fauna exótica.

Mais tarde o leãozinho foi levado para o Zoo de Londres onde, apesar de toda a vigilância, foi assassinado por um fanático. A morte da pequena fera foi saudada com entusiasmo por amplas camadas da população. "Os leões estão mortos!" – gritava um soldado embriagado. – "Agora seremos felizes!"

No dia seguinte começou a Guerra da Coreia.

As ursas

O profeta Eliseu está a caminho de Betel. O dia é quente. Insetos zumbem no mato. O profeta marcha em passo acelerado. Tem missão importante, em Betel. De repente, muitos rapazinhos correm-lhe no encalço, gritando:

– Sobe, sobe, calvo! Sobe, calvo!

Volta-se Eliseu e amaldiçoa-os em nome do Senhor; pouco depois, saem da mata duas grandes ursas e devoram 42 meninos: doze a menor, trinta a maior.

A ursa menor tem digestão ativa; os meninos que caem em seu estômago são atacados por fortes ácidos, solubilizados, reduzidos a partículas menores. Somem-se. O mesmo não acontece aos trinta meninos restantes. Descendo pelo esôfago da grande ursa, caem no enorme estômago. Ali ficam. A princípio, transidos de medo, abraçados uns aos outros, mal conseguem respirar; depois, os menores começam a chorar e a se lamentar, e seus gritos ecoam lugubremente no amplo recinto. "Ai de nós! Ai de nós!" Finalmente, o mais velho acende uma luz e eles se veem num lugar semelhante a uma caverna, de cujas paredes anfractuosas escorrem gotas de um suco viscoso. O chão está juncado de resíduos semiapodrecidos de antigas presas: crânios de bebês, pernas de meninas. "Ai de nós!" – gemem. – "Vamos morrer!"

Passa o tempo e, como não morrem, se animam. Conversam, riem: fazem brincadeira, pulam, correm, jogam-se detritos e restos de alimentos.

Quando cansam, sentam e falam sério. Organizam-se, traçam planos.

O tempo passa. Crescem, mas não muito; o espaço confinado não permite. Tornam-se curiosa raça de anões, de membros curtos e grandes cabeças, onde brilham olhos semelhantes a faróis, sempre a perscrutar a escuridão das entranhas. E ali fazem a sua cidadezinha, com casinhas muito bonitinhas, pintadas de branco. A escolinha.

A prefeiturazinha. O hospitalzinho. E são felizes.

Esquecem do passado. Restam vagas lembranças, que com o tempo adquirem contornos místicos.

Rezam: "Grandes Ursas, que estais no firmamento...".

Escolhem um sacerdote – o Grande Profeta, homem de cabeça raspada e olhar terrível; uma vez por ano flagela os habitantes com o Chicote Sagrado. Fé e trabalho, exige. O povo, laborioso, corresponde. Os celeirinhos transbordam de comidinhas, as fabricazinhas produzem milhares de belas coisinhas.

Passa o tempo. Surge uma nova geração. Depois de anos de felicidade, os habitantes se inquietam: por um estranho atavismo, as crianças nascem com longos braços e pernas, cabeça bem proporcionada e meigos olhos castanhos. A cada parto, intranquilidade. Murmura-se: "Se eles crescerem demais, não haverá lugar para nós". Cogita-se de planificar os nascimentos. O Governinho pensa em consultar o Grande Profeta sobre a conveniência de executar os bebês tão logo nasçam. Discussões infinitas se sucedem.

Passa o tempo. As crianças crescem e se tornam um bando de poderosos rapazes. Muito maiores que os pais, ninguém os contém. Invadem os cineminhas, as igrejinhas, os clubinhos. Não respeitam a polícia. Vagueiam pelas estradinhas.

Um dia, o Grande Profeta está a caminho de sua mansãozinha, quando os rapazes o avistam. Imediatamente, correm atrás dele, gritando:

– Sobe, calvo! Sobe, calvo!

Volta-se o Profeta e os amaldiçoa em nome do Senhor.

Pouco depois, surgem duas ursas e devoram os meninos: 42.

Doze são engolidos pela ursa menor e destruídos. Mas trinta descem pelo esôfago da ursa maior e chegam ao estômago – grande cavidade, onde reina a mais negra escuridão. E ali ficam chorando e se lamentando: "Ai de nós! Ai de nós!"

Finalmente, acendem uma luz.

Coelhos

O coelho é um animal de coito rápido: Alice abriu os olhos. Lembrou-se da história que seu marido contava: a dos coelhos, que, tendo relações com a coelha, disse a ela: "Está muito bom, negrinha, não foi?".

Bocejou e saltou da cama. "Que dia é hoje? Quarta-feira? Não, quarta-feira foi ontem... É o dia em que vamos jogar cartas. Mas jogamos cartas ontem? Jogamos, sim.

Lembro-me que a Gilda me disse – tens muita sorte – e eu tinha. Espera, isso foi na quarta-feira passada. Ou no mês passado?"

Sentou-se diante do toucador, começou a escovar os cabelos. "Agora escovo os cabelos. Exatamente como ontem." Mirava-se com atenção. "Meu rosto; sempre igual.

Tenho trinta e dois anos. Podia ter vinte e dois. Ou doze?" – "Minha guriazinha." Voltou-se: não havia ninguém no quarto. No entanto, ouvira distintamente a voz grave do marido. Olhou o relógio: sete e meia. A esta hora, ele estava na estrada. Era gerente de uma fábrica de conservas, a trinta quilômetros da cidade. Tinha um carro enorme, um velho Dodge preto. Troçava com ele: "Ninguém tem um carro tão velho!" – "Eu sei, negrinha. Mas o gerente de uma fábrica de conservas deve ser conservador." O riso curto, áspero. Estremeceu e tornou a voltar-se. O vento agitava mansamente as cortinas. Levantou-se, foi até a janela.

Moravam no alto de uma colina pedregosa e desolada, nos arredores da cidade. Era uma bela casa, espaçosa, construída em sólida pedra branca e madeira escura. De lá viam as torres da igreja. "Mas é tão isolado!" – queixara-se ao marido. "Eu sei, negrinha". Um homem forte, de espessas sobrancelhas negras e dentes poderosos.

Um lobo solitário. Estreitava-a entre os braços peludos. Sentavam-se diante da lareira, nas noites de inverno. Ele a contemplava em silêncio. De repente, contava: "O coelho, negrinha, é um animal de coito rápido..." Ria, abraçava-a.

Ela estremeceu.

Afastou as cortinas. A cerração cobria tudo, como um mar branco. Nem as torres da igreja eram visíveis. A casa flutuava, meio submersa na névoa. Uma aragem fria arrepiou-lhe a pele. Fechou a janela. "Que frio! Vou pôr o vestido branco de lã."

Dirigiu-se ao guarda-roupa, abriu as pesadas portas de cedro escuro. Viu-se no espelho. "Sou muito bonita" – murmurou. Trinta e dois anos, podiam ser 22.

Vestia-se bem: branco...

Sobressaltou-se: já estava com o vestido. "Como estou distraída. Vesti-me sem perceber." O marido gostava do vestido branco. "Pareces ter doze anos." Sentavam-se frente a frente, diante da lareira acesa. Ela olhava, fascinada, os dentes que reluziam ao fogo. Ele ria um riso curto, áspero. "O coelho..." Ela corava. "Por quê?" – ele perguntava. "É a solidão. Não gosto desta casa, tão solitária..." Ele ficava quieto, olhando.

Mas uma noite entraram no carro, o grande Dodge negro. "É uma surpresa" – ele disse, e riu. E era: foram visitar o sócio do marido. "Apresento-te meu sócio, negrinha. Coelho, esta é a minha esposa." Coelho! Riu. Riram todos. Jogavam cartas às quartas-feiras. Os dois, Coelho e Gilda.

Era bom estarem juntos... "O coelho é um animal de coito rápido..." – ela dizia e riam. Era bom, naquelas doces manhãs de inverno. "És um animal de coito rápido." Coelho ria: "Branco te fica muito bem".

Vestida, desceu a grande escadaria. Chamou a empregada. "Júlia!" Ninguém respondeu. Franziu a testa. Depois lembrou-se: "Hoje é quinta-feira, ela foi ao mercado". Sobressaltou-se: "Mas hoje é quinta-feira? É! Ontem jogamos cartas, eu sei! Lembro-me que Gilda me disse... Mas foi ontem?... Foi: fiz 32 anos na terça-feira. Ou 22?". Seu marido prometera um presente.

A grande mesa estava servida: para uma pessoa. Sempre tomava o café sozinha, na enorme sala de jantar. Desagradava-a muito, a solidão. Sentou-se.

"Vou ao cabeleireiro..." Mas hoje é dia de ir ao cabeleireiro? Pegou o bule, mas deteve-se: já havia café na xícara. "Quem pôs? Fui eu? Que estranho, não é – não foi?"

Pôs o bule no lugar e ficou parada, muito quieta. Foi só depois de alguns minutos que viu o coelho branco. Estendeu precipitadamente a mão, derrubando a xícara. Uma mancha preta de café espalhou-se sobre a toalha branca. Atrás do bule: um coelhinho branco de pelúcia. "Quando eu fiz dois anos, meu pai me deu um coelhinho branco de pelúcia. Alice e seu coelho branco, ele disse rindo. Os dentes brancos, as sobrancelhas cerradas. Aos dois anos. Ou aos doze?"
Chorava. Levantou-se da mesa. "Mas hoje é quinta--feira! Vamos nos encontrar às oito!" Doce manhã de inverno! Doces beijos! Ria.
Correu à garagem, tirou de lá o pequeno carro branco, presente do marido. Sobre o banco dianteiro um pequeno coelho de pelúcia branco. As lágrimas turvavam-lhe os olhos quando se pôs a descer a estreita estrada pedregosa. "É tarde! É tarde!" A cerração tornava-se cada vez mais densa.
"Espera por mim, Coelho!" Corria. "O coelho é um animal..." O marido ria.
Foi então que viu o grande Dodge preto crescendo à sua frente. O marido, dedos crispados na direção, rindo – os dentes poderosos arreganhados, brancos, brancos. Os cacos de vidro varando-lhe a garganta, os ferros esmagando-lhe o peito.
É tudo tão rápido, não foi? – murmurou ela, e fechou os olhos.

A vaca

Numa noite de temporal, um navio naufragou ao largo da costa africana. Partiu-se ao meio, e foi ao fundo em menos de um minuto. Passageiros e tripulantes pereceram instantaneamente. Salvou-se apenas um marinheiro, projetado à distância no momento do desastre. Meio afogado, pois não era bom nadador, o marinheiro orava e despedia-se da vida, quando viu a seu lado, nadando com presteza e vigor, a vaca Carola.

A vaca Carola tinha sido embarcada em Amsterdã.

Excelente ventre, fora destinada a uma fazenda na América do Sul.

Agarrado aos chifres da vaca, o marinheiro deixou-se conduzir; e assim, ao romper do dia, chegaram a uma ilhota arenosa, onde a vaca depositou o infeliz rapaz, lambendo-lhe o rosto até que ele acordasse.

Notando que estava numa ilha deserta, o marinheiro rompeu em prantos: "Ai de mim! Esta ilha está fora de todas as rotas! Nunca mais verei um ser humano!". Chorou muito, prostrado na areia, enquanto a vaca Carola fitava-o com os grandes olhos castanhos.

Finalmente, o jovem enxugou as lágrimas e pôs-se de pé.

Olhou ao redor: nada havia na ilha, a não ser rochas pontiagudas e umas poucas árvores raquíticas. Sentiu fome; chamou a vaca: "Vem, Carola!", ordenhou-a e bebeu leite bom, quente e espumante. Sentiu-se melhor; sentou-se e ficou a olhar o oceano. "Ai de mim" – gemia de vez em quando, mas já sem muita convicção; o leite fizera-lhe bem.

Naquela noite dormiu abraçado à vaca. Foi um sono bom, cheio de sonhos reconfortantes; e quando acordou – ali estava o ubre a lhe oferecer o leite abundante.

Os dias foram passando, e o rapaz cada vez mais se apegava à vaca. "Vem, Carola!" Ela vinha, obediente.

Ele cortava um pedaço de carne tenra – gostava muito de língua – e devorava-o cru, ainda quente, o sangue escorrendo pelo queixo. A vaca nem mugia. Lambia as feridas, apenas. O marinheiro tinha sempre o cuidado de não ferir órgãos vitais; se tirava um pulmão, deixava o outro; comeu o baço, mas não o coração etc.

Com pedaços de couro, o marinheiro fez roupas e sapatos e um toldo para abrigá-lo do sol e da chuva. Amputou a cauda de Carola e usava-a para espantar as moscas.

Quando a carne começou a escassear, atrelou a vaca a um tosco arado, feito de galhos, e lavrou um pedaço de terra mais fértil, entre as árvores.

Usou o excremento do animal como adubo. Como fosse escasso, triturou alguns ossos, para usá-los como fertilizante.

Semeou alguns grãos de milho, que tinham ficado nas cáries da dentadura de Carola. Logo, as plantinhas começaram a brotar, e o rapaz sentiu renascer a esperança. Na festa de São João, comeu canjica.

A primavera chegou. Durante a noite uma brisa suave soprava de lugares remotos, trazendo sutis aromas.

Olhando as estrelas, o marinheiro suspirava. Uma noite, arrancou um dos olhos de Carola, misturou-o com água do mar e engoliu esta leve massa. Teve visões voluptuosas, como nenhum mortal jamais experimentou... Transportado de desejo, aproximou-se da vaca... E, ainda desta vez, foi Carola quem lhe valeu.

Muito tempo se passou, e um dia o marinheiro avistou um navio no horizonte. Doido de alegria, berrou com todas as forças, mas não lhe respondiam: o navio estava muito longe. O marinheiro arrancou um dos chifres de Carola e improvisou uma corneta. O som poderoso atroou os ares, mas ainda assim não obteve resposta.

O rapaz desesperava-se: a noite caía e o navio afastava-se da ilha. Finalmente, o rapaz deitou Carola no chão e jogou um fósforo aceso no ventre ulcerado de Carola, onde um pouco de gordura ainda aparecia.

Rapidamente, a vaca incendiou-se. Em meio à fumaça negra, fitava o marinheiro com seu único olho bom. O rapaz estremeceu; julgou ter visto uma lágrima. Mas foi só impressão.

O clarão chamou a atenção do comandante do navio; uma lancha veio recolher o marinheiro. Iam partir, aproveitando a maré, quando o rapaz gritou: "Um momento!"; voltou para a ilha e apanhou, do montículo de cinzas fumegantes, um punhado que guardou dentro do gibão de couro. "Adeus, Carola" – murmurou. Os tripulantes da lancha se entreolharam. "É do sol" – disse um.

O marinheiro chegou a seu país natal. Abandonou a vida do mar e tornou-se um rico e respeitado granjeiro, dono de um tambo com centenas de vacas.

Mas apesar disto, viveu infeliz e solitário, tendo pesadelos horríveis todas as noites, até os quarenta anos. Chegando a esta idade, viajou para a Europa de navio.

Uma noite, insone, deixou o luxuoso camarote e subiu ao tombadilho iluminado pelo luar. Acendeu um cigarro, apoiou-se na amurada e ficou olhando o mar.

De repente estirou o pescoço, ansioso. Avistara uma ilhota no horizonte.

– Alô – disse alguém, perto dele.

Voltou-se. Era uma bela loira, de olhos castanhos e busto opulento.

– Meu nome é Carola – disse ela.

Cão

— Olha o que eu trouxe da minha viagem – disse o senhor Armando a seu amigo Heitor, tirando algo do bolso. Estavam sentados no aprazível jardim frente à casa do senhor Heitor.

Era um cão; um pequeno cão, talvez o menor cão do mundo. O senhor Armando colocou-o sobre a mesa, onde o animalzinho ficou a palpitar. Era menor que os copos de uísque.

— O que é isto? – perguntou o senhor Heitor.

— É um cão japonês. Tu sabes, os japoneses especializaram-se na arte da miniatura. Este cão é um exemplo típico: há gerações que eles vêm cruzando exemplares cada vez menores, até chegarem a este bichinho. E olha que eles partiram do cão selvagem, parente próximo do lobo.

— Ele mantém a ferocidade do lobo – continuou o senhor Armando – aliada às qualidades do cão de guarda.

Além disto, há vários aperfeiçoamentos técnicos. Os dentes foram revestidos de uma camada de platina; são duros e afiadíssimos. Aqui nas orelhas, como vês, está instalado um aparelho acústico para melhorar a audição. Nos olhos, lentes de contato que receberam um tratamento especial, de modo a permitir a visão no escuro. E o treinamento! Que treinamento, meu caro! Doze anos...

– Doze anos tem este animal?

– Doze anos. Doze anos de condicionamento contínuo; ele é capaz de reconhecer um marginal a quilômetros de distância. Odeia-os mortalmente. Digo-te uma coisa: desde que tenho esta joia em casa, tenho estado mais tranquilo.

Recostou-se na poltrona e sorveu um gole de uísque.

Neste momento, alguém bateu palmas no portão. Era um homem; um mendigo esfarrapado, apoiado numa muleta.

– Que quer? – gritou o senhor Heitor.

– Uma esmolinha pelo amor de Deus...

– Adolfo! – O senhor Heitor chamava o criado. – Vem cá!

– Um instantinho, Heitor – disse o senhor Armando, com os olhos brilhando. – Não queres ver o meu cãozinho trabalhando?

E sem esperar resposta, cochichou ao ouvido do cão:

– Vai, Bilbo! Traze-o aqui! – E ao amigo: – É a primeira vez que ele vai trabalhar aqui no Brasil.

Neste meio-tempo, Bilbo tinha pulado da mesa e corria pelo gramado como uma flecha. Pouco depois, o mendigo entrou portão adentro como se estivesse sendo arrastado por um trator.

– Viste? – gritou o senhor Armando entusiasmado. – E já o mendigo estava diante deles, com os dentes de platina de Bilbo ferrados à perna sã.

– O que queres? – indagou o senhor Heitor, com severidade.

– Uma esmolinha, pelo amor... – começou a dizer o mendigo, a cara retorcida de dor.

– E por que não trabalhas, bom homem?

– Não posso... Não tenho uma perna...

– Há muitos empregos em que se pode trabalhar mesmo sem perna.

– Nenhum emprego me dá o que eu tiro em esmola! – disse o mendigo, irritado.

– Tu és um vagabundo! – gritou o senhor Heitor, indignado. – Um marginal! Um pária da sociedade! Vai-te, antes que eu te castigue!

O mendigo tentou mover-se, mas não conseguiu: Bilbo impedia que ele caminhasse.

– Um momento, Heitor – disse o senhor Armando. – Bilbo está a nos indicar o caminho correto. Por que deixar partir este homem? Para que amanhã assalte a minha casa ou a tua?

– Mas... – começou a dizer o senhor Heitor.

– Deixemos que Bilbo se encarregue do assunto. Vai, Bilbo!

Com uma hábil manobra da minúscula cabecinha, Bilbo jogou a sua presa ao chão. A seguir, iniciando pela própria perna onde tinha os dentes ferrados, começou metodicamente a mastigar. Primeiro comeu o membro inferior; depois passou para o coto da perna, de lá ao abdômen, ao tórax, e à cabeça. Tudo muito rapidamente; ao mesmo tempo ia sorvendo o sangue, de modo a não sujar a grama verde. Finalmente, o último resíduo do mendigo – o olho direito – sumiu na boca do cãozinho, ainda com um brilho de pavor. Para completar, Bilbo comeu a muleta que ficara encostada à mesa.

– Viste? – disse o senhor Armando, satisfeito. – Até madeira.

– Muito engenhoso – disse o senhor Heitor, tomando um gole de uísque. – Vou aceitá-lo.

– Como? – o senhor Armando estava assombrado.

– Em troca da dívida que tens comigo.

– Absolutamente, Heitor! – gritou o senhor Armando, indignado. Pôs-se de pé, apanhou o cãozinho e colocou-o no bolso. – Dívida é dívida. Será paga em dinheiro, no momento devido. Este cão está acima de qualquer avaliação. Tua conduta me surpreende. Jamais pensei que um cavalheiro pudesse agir assim. Adeus!

Encaminhou-se para o portão.

– Marginal! – gritou o senhor Heitor. – Ladrão!

O senhor Armando voltou-se. Ia dizer qualquer coisa, mas soltou um grito. O senhor Heitor, que enxergava mal, procurou seus óculos; enquanto isto, via confusamente o vulto do senhor Armando desintegrando-se perto do portão. Quando finalmente achou os óculos, deu com Bilbo diante de si, latindo alegremente. Do senhor Armando, nem vestígio.

– Ótimo – murmurou o senhor Heitor, esvaziando o copo de uísque.

– Heitor! – Era a esposa que surgia à porta. O senhor Heitor meteu Bilbo no bolso rapidamente. – O que tens aí, Heitor?

– É... um cachorrinho – disse o senhor Heitor.

– Deveras, Heitor! – A esposa estava furiosa. – Quantas vezes já te disse que não quero animais nesta casa? Onde arranjaste este cão?

– Era de Armando. Ele... me deu.

– Mentira! Armando nunca daria algo a ninguém! Tu roubaste dele! – Os olhos da mulher brilhavam. – Ladrão! Marginal!

O senhor Heitor sorria. De repente, deu um grito e desapareceu. Quanto à mulher, via apenas um cãozinho com a língua de fora.

Shazam

As histórias em quadrinhos estão sendo reavaliadas; fala-se muito da força dos heróis, mas o que dizer de suas agruras? *O Homem Invisível sofria de um forte sentimento de despersonalização. "Preciso apalpar-me constantemente para estar seguro de que me encontro presente no mundo, aqui e agora" – escreveu em seu diário. O Homem de Borracha comprava uma roupa num dia e no outro constatava que já não servia. Tinha encolhido ou alargado – não a roupa, ele. O Príncipe Submarino sofria com a poluição do mar. E que tentação, as iscas saborosas! Felizmente conhecia bem anzóis e pescadores. O Tocha Humana era perseguido por sádicos com extintores e hostilizado pelas companhias de seguro (ai dele se o vissem perto de um incêndio!). O Sombra, que sabia do mal que se esconde nos corações humanos, era incomodado por hipocondríacos com mania de doenças cardíacas.*

O Zorro recebia propostas indecorosas de um fetichista fixado em objetos começando pela letra Z.

Lothar foi acusado de conspirar contra o governo de uma das novas repúblicas africanas. Ninguém conseguia aplicar uma injeção no Super-Homem; as agulhas quebravam naquela pele de aço. "Um dia ainda morrerei por causa disto", lamentava-se, mas ninguém lhe dava atenção: ficou provado que os heróis resistem à ação do tempo.

(A. Napp, *Os heróis revisitados*)

Extinto o crime no mundo, o Capitão Marvel foi convidado para uma sessão especial do Senado norte-americano. Saudado por Lester Brainerd, representante de Louisiana, recebeu a medalha do Mérito Militar e uma pensão vitalícia. O Capitão Marvel agradeceu, comovido, e manifestou o desejo de viver tranquilamente por toda a eternidade – escrevendo suas memórias, talvez.

Para seu retiro, o Capitão Marvel escolheu a cidade de Porto Alegre, onde alugou um quarto numa pitoresca pensão do Alto da Bronze.

No começo, teve uma vida pouco sossegada; quando saía à rua, uma multidão de garotos corria atrás dele: "Voa! Voa!". Atiravam-lhe pedras e faziam caretas. Desgostoso, o Capitão Marvel chegou a pensar em mudar-se para o Nepal; aos poucos, porém, o público deixou de atentar nele. Inicialmente, renunciou ao uso de seu vistoso uniforme, passando a usar uma roupa comum de tergal cinza. Depois, com o advento das séries filmadas na televisão, novos heróis substituíram-no no afeto dos jovens. Houve um breve período de glória, quando suas memórias foram lançadas, numa tarde de autógrafos que reuniu algumas dezenas de pessoas. O acontecimento foi bastante comentado, críticos viram na obra valores insuspeitados ("Um novo olhar sobre o mundo" – disse alguém), mas depois o Capitão Marvel foi novamente esquecido. Passava os dias em seu quarto, folheando velhas revistas em quadrinhos e lembrando com saudades o maligno Silvana, falecido de câncer muitos anos antes. Às vezes trabalhava no jardim. Conseguira que a dona da pensão lhe cedesse o terreno atrás da cozinha e ali plantava rosas. Queria obter uma variedade híbrida.

À noite assistia à televisão ou ia ao cinema. Acompanhava com melancólico desprezo as façanhas dos heróis modernos – incapazes de voar, vulneráveis a balas e mesmo assim espantosamente violentos. Voltava para casa, tomava um soporífero e ia dormir. Aos sábados frequentava um bar perto da pensão; tomava batida de maracujá e conversava com antigos boxeadores já acostumados ao seu sotaque carregado.

Numa destas noites o Capitão Marvel estava especialmente deprimido. Já tinha tomado onze cálices de bebida e pensava em ir dormir, quando uma mulher entrou no bar, sentou-se ao balcão e pediu uma cerveja.

O Capitão Marvel considerou-a em silêncio. Nunca dera muita atenção a mulheres; o combate ao crime sempre fora uma tarefa demasiado absorvente. Mas agora, aposentado, o Capitão Marvel podia pensar um pouco em si mesmo. O espelho descascado mostrava que ele ainda era uma esplêndida figura de macho, o que ele reconheceu com alguma satisfação.

Quanto à mulher, não era bonita. Quarentona, baixa e gorda, estalava a língua depois de cada gole. Mas era a única mulher no bar, naquela noite de sábado. Além disto, não só retribuiu ao olhar do Capitão, como levantou-se e veio sentar perto dele.

O Capitão Marvel apresentou-se como José Silva, vendedor de automóveis. Não o fez sem mal-estar; ao contrário dos heróis modernos, não tinha o hábito da simulação, da intriga, do disfarce.

– Vamos para o quarto, bem? – sussurrou a mulher, às três da manhã.

Foram. Era o quarto andar de um velho prédio na Duque de Caxias. As escadas de madeira rangiam ao peso dos dois. A mulher arquejava e tinha de parar a cada andar. "É a pressão alta." Ansioso, o Capitão Marvel tinha vontade de tomá-la nos braços e subir voando; mas não queria revelar sua identidade. Por fim, chegaram.

A mulher abriu a porta. Era um quartinho pequeno e sujo, decorado com flores de papel e imagens sagradas. A um canto, uma cama coberta com uma colcha vermelha.

A mulher chegava. Voltou-se para o capitão, sorriu: "Me beija, querido". Beijaram-se longamente, tiraram a roupa e meteram-se na cama. "Como tu és frio, bem" – queixou-se a mulher. Era a pele de aço – a couraça invulnerável que tantas vezes protegera o Capitão, agora um pouco enferrujada nas axilas. O Capitão pensou em atritar o peito com as mãos; mas tinha medo de soltar faíscas e provocar um incêndio. Assim, limitou-se a dizer: "Já vai melhorar". "Está bom. Então, vem" – murmurou a mulher, os olhos brilhando no escuro. O Capitão Marvel lançou-se sobre ela.

Um urro de dor fez estremecer o quarto.

– Tu me mataste! Me mataste! Ai que dor!

Assustado, o Capitão Marvel acendeu a luz. A cama estava cheia de sangue.

– Me enterraste um ferro, bandido! Perverso!

Às pressas o Capitão Marvel enfiou as calças. A mulher gritava por socorro. Sem saber o que fazer, o Capitão Marvel abriu a janela. Luzes começavam a se acender nas casas vizinhas. Ele saltou.

Por um instante caiu como uma pedra; mas logo adquiriu equilíbrio e planou suavemente. Voou sem destino sobre a cidade adormecida. Às vezes soluçava; lembrava-se dos tempos em que era apenas Billy Batson, modesto locutor de rádio.

Havia uma palavra capaz de fazê-lo voltar àquela época; mas o Capitão Marvel já a esquecera.

Torneio de pesca

Acontecimento dos mais desagradáveis registrou-se durante o último torneio de pesca na praia da Alegria.

Participavam destacadas figuras deste apreciado esporte.

Ali estavam, entre outros: Miller, Saraiva, Zeca, Desembargador Otávio, Brunnelcschi c sra. Santos.

O tempo era esplêndido. As águas, piscosas.

Não se introduzia anzol sem extrair belo exemplar.

A satisfação era geral. Todos confraternizavam, cumprimentando os mais afortunados.

No terceiro dia do torneio chegou à localidade um estranho veículo. Tratava-se de uma grande carruagem, pintada de cores berrantes, e tracionada por rocinantes ridículos. Dela desceram, em grande algazarra, pai, mãe e muitos filhos, um enorme clã.

Como é natural, as pessoas que lá estavam sentiram-se grandemente constrangidas. Os arrivistas eram indivíduos sujos, mal-educados e pouco aceitáveis ao convívio.

O homem era especialmente desagradável. Pessoa de baixa estatura, tez bronzeada, olhos pretos e malignos, boca de lábios grossos guarnecidos de dentes de ouro. E língua ferina: não passava por senhora ou senhorita sem proferir graçola.

Se, contudo, mantivessem-se os intrusos no terreno baldio que haviam escolhido para paragem, sua insolência ainda seria tolerável.

Mas, na manhã seguinte, comparece à praia o homem – Antônio era seu nome – e, sem pedir permissão, entrega-se às seguintes manobras: arregaça as calças até os joelhos. Entra na água, introduzindo-se entre as linhas de pesca dos esportistas. Mergulha os braços, até os cotovelos. Pronuncia em voz baixa algumas palavras. E quando retira os braços, trá-los cheios de peixes!

Tal violação das regras causou vivo mal-estar. Os participantes do torneio reclamaram ao Presidente do Clube de Pesca. Este se dirigiu, acompanhado de uma comissão, ao terreno onde acampavam as esquisitas criaturas.

A família almoçava. Pegavam os peixes – alguns ainda vivos – e os introduziam nas bocas, mastigando vorazmente. Ponderou o Presidente que era proibido comer os animaizinhos antes de os mesmos serem pesados e devidamente registrados.

– "¿Qué sabés, vos? ¿Qué querés?" – berrou o tal Antônio em seu linguajar arrevesado, um pedaço de intestino de peixe a pender da boca lúbrica. E toda a tribo pôs-se a rir com o maior desrespeito. O Presidente e sua Comissão retiraram-se, dispostos a comunicar o fato a quem de direito. Porém, quando o Desembargador Otávio soube do caso, disse:

– Cavalheiros, por favor, deixem o assunto por minha conta.

Via-se que estava tomado de justa indignação.

O Desembargador Otávio agiu naquela mesma noite. Era homem alto, ágil e enérgico.

Na manhã seguinte comunicou a seus pares:

– Cavalheiros, breve vereis o resultado de uma expedição punitiva.

E dirigiram-se todos para o rio.

Cerca das nove horas aparece o tal Antônio. De longe, via-se que tinha os membros superiores amarrados em trapos sangrentos.

– Cortei-lhe os braços – explicou o Desembargador – à altura dos cotovelos. Não me falhou a minha fiel faca de pescador!

Aproximou-se então o grotesco personagem. Gemia baixo.

Tal como no dia anterior, entrou no rio. Tentou enfiar na água os cotos amputados. Mas o frio fê-lo urrar de dor!

Risos gerais.

O estrangeiro pôs-se então a entoar monótona melopeia, a cara voltada para o céu. Depois saiu da água, passando entre os esportistas sem olhá-los.

Mais tarde, viu-se a carroça partir e desaparecer rumo ao norte.

Aquelas águas não deram mais peixe. Não houve mais torneio de pesca na praia da Alegria.

Nós, o pistoleiro, não devemos ter piedade

Nós somos um temível pistoleiro. Estamos num bar de uma pequena cidade do Texas. O ano é 1880. Tomamos uísque a pequenos goles. Nós temos um olhar soturno. Em nosso passado há muitas mortes. Temos remorsos. Por isto bebemos.

    A porta se abre. Entra um mexicano chamado Alonso. Dirige-se a nós com desrespeito. Chama-nos de gringo, ri alto, faz tilintar a espora. Nós fingimos ignorá-lo. Continuamos bebendo nosso uísque a pequenos goles. O mexicano aproxima-se de nós. Insulta-nos. Esbofeteia-nos. Nosso coração se confrange. Não queríamos matar mais ninguém. Mas teremos de abrir uma exceção para Alonso, cão mexicano.

    Combinamos o duelo para o dia seguinte, ao nascer do sol. Alonso dá-nos mais uma pequena bofetada e vai-se.

Ficamos pensativos, bebendo o uísque a pequenos goles. Finalmente atiramos uma moeda de ouro sobre o balcão e saímos. Caminhamos lentamente em direção ao nosso hotel. A população nos olha. Sabe que somos um temível pistoleiro. Pobre mexicano, pobre Alonso.

Entramos no hotel, subimos ao quarto, deitamo-nos vestidos, de botas. Ficamos olhando o teto, fumando. Suspiramos. Temos remorsos.

Já é manhã. Levantamo-nos. Colocamos o cinturão. Fazemos a inspeção de rotina em nossos revólveres. Descemos.

A rua está deserta, mas por trás das cortinas corridas adivinhamos os olhos da população fitos em nós. O vento sopra, levantando pequenos redemoinhos de poeira. Ah, esse vento! Esse vento! Quantas vezes nos viu caminhar lentamente, de costas para o sol nascente?

No fim da rua Alonso nos espera. Quer mesmo morrer, este mexicano.

Colocamo-nos frente a ele. Vê um pistoleiro de olhar soturno, o mexicano. Seu riso se apaga. Vê muitas mortes em nossos olhos. É o que ele vê.

Nós vemos um mexicano. Pobre diabo. Comia pão de milho, já não comerá. A viúva e os cinco filhos o enterrarão ao pé da colina. Fecharão a palhoça e seguirão para Vera Cruz. A filha mais velha se tornará prostituta. O filho menor, ladrão.

Temos os olhos turvos. Pobre Alonso. Não devia nos ter dado duas bofetadas. Agora está aterrorizado. Seus dentes estragados chocalham. Que coisa triste.

Uma lágrima cai sobre o chão poeirento. É nossa. Levamos a mão ao coldre. Mas não sacamos. É o mexicano que saca. Vemos a arma em sua mão, ouvimos o disparo, a bala voa para o nosso peito, aninha-se em nosso coração. Sentimos muita dor e tombamos.

Morremos, diante do riso de Alonso, o mexicano.

Nós, o pistoleiro, não devíamos ter piedade.

Cego e amigo Gedeão à beira da estrada

— Este que passou agora foi um Volkswagen 1962, não é, amigo Gedeão?
— Não, Cego. Foi um Simca Tufão.
— Um Simca Tufão?... Ah, sim, é verdade. Um Simca potente. E muito econômico. Conheço o Simca Tufão de longe. Conheço qualquer carro pelo barulho da máquina. Este que passou agora não foi um Ford?
— Não, Cego. Foi um caminhão Mercedinho.
— Um caminhão Mercedinho! Quem diria! Faz tempo que não passa por aqui um caminhão Mercedinho. Grande caminhão. Forte. Estável nas curvas. Conheço o Mercedinho de longe... Conheço qualquer carro. Sabe há quanto tempo sento à beira desta estrada ouvindo os motores, amigo Gedeão? Doze anos, amigo Gedeão. Doze anos. É um bocado de tempo, não é, amigo Gedeão? Deu para aprender muita

coisa. A respeito de carros, digo. Este que passou não foi um Gordini Teimoso?

– Não, Cego. Foi uma lambreta.

– Uma lambreta... Enganam a gente, estas lambretas. Principalmente quando eles deixam a descarga aberta. Mas como eu ia dizendo, se há coisa que eu sei fazer é reconhecer automóvel pelo barulho do motor. Também, não é para menos: anos e anos ouvindo! Esta habilidade de muito me valeu, em certa ocasião... Este que passou não foi um Mercedinho?

– Não, Cego. Foi o ônibus.

– Eu sabia: nunca passam dois Mercedinhos seguidos. Disse só pra chatear. Mas onde é que eu estava? Ah, sim. Minha habilidade já me foi útil. Quer que eu conte, amigo Gedeão? Pois então conto. Ajuda a matar o tempo, não é? Assim o dia termina mais ligeiro. Gosto mais da noite: é fresquinha, nesta época. Mas como eu ia dizendo: há uns anos mataram um homem a uns dois quilômetros daqui. Um fazendeiro muito rico. Mataram com quinze balaços. Este que passou não foi um Galaxie?

– Não. Foi um Volkswagen 1964.

– Ah, um Volkswagen... Bom carro. Muito econômico. E a caixa de mudanças muito boa. Mas, então, mataram o fazendeiro. Não ouviu falar? Foi um caso muito rumoroso. Quinze balaços! E levaram todo o dinheiro do fazendeiro. Eu, que naquela época já costumava ficar sentado aqui à beira da estrada, ouvi falar no crime, que tinha sido cometido num domingo. Na sexta-feira, o rádio dizia que a polícia nem sabia por onde começar. Este que passou não foi um Candango?

– Não, Cego, não foi um Candango.

– Eu estava certo que era um Candango... Como eu ia contando: na sexta, nem sabiam por onde começar. Eu ficava sentado aqui, nesta mesma cadeira, pensando... A gente pensa muito. De modos que fui formando um raciocínio. E achei que devia ajudar a polícia. Pedi ao meu vizinho para avisar ao delegado que eu tinha uma comunicação a fazer. Mas este agora foi um Candango!

– Não, Cego. Foi um Gordini Teimoso.

– Eu seria capaz de jurar que era um Candango. O delegado demorou a falar comigo. De certo pensou: "Um cego? O que pode ter visto um cego?". Estas bobagens, sabe como é, amigo Gedeão. Mesmo assim apareceu, porque estavam tão atrapalhados que iriam até falar com uma pedra. Veio o delegado e sentou bem aí onde estás, amigo Gedeão. Este agora foi o ônibus?

– Não, Cego. Foi uma camioneta Chevrolet Pavão.

– Boa, esta camioneta, antiga, mas boa. Onde é que eu estava? Ah, sim. Veio o delegado. Perguntei: "Senhor delegado, a que horas foi cometido o crime?".

– "Mais ou menos às três da tarde, Cego" – respondeu ele. "Então" – disse eu – "o senhor terá de procurar um Oldsmobile 1927. Este carro tem a surdina furada. Uma vela de ignição funciona mal. Na frente, viajava um homem muito gordo. Atrás, não tenho certeza, mas iam talvez duas ou três pessoas." O delegado estava assombrado. "Como sabe de tudo isto, amigo?" – era só o que ele perguntava. Este que passou não foi um DKW?

– Não, Cego. Foi um Volkswagen.

– Sim. O delegado estava assombrado. "Como sabe de tudo isto?" – "Ora, delegado" – respondi. – "Há anos que sento aqui à beira da estrada ouvindo automóveis passar. Conheço qualquer carro. Sei mais: quando o motor está mal, quando há muito peso na frente, quando há gente no banco de trás. Este carro passou para lá às quinze para as três; e voltou para a cidade às três e quinze." – "Como é que tu sabias das horas?" – perguntou o delegado. – "Ora, delegado" – respondi. – "Se há coisa que eu sei – além de reconhecer os carros pelo barulho do motor – é calcular as horas pela altura do sol." Mesmo duvidando, o delegado foi... Passou um Aero Willys?

– Não, Cego. Foi um Chevrolet.

– O delegado acabou achando o Oldsmobile 1927 com toda a turma dentro. Ficaram tão assombrados que se entregaram sem resistir. O delegado recuperou todo o dinheiro do fazendeiro, e a família me deu uma boa bolada de gratificação. Este que passou foi um Toyota?

– Não, Cego. Foi um Ford 1956.

Pausa

Às sete horas o despertador tocou. Samuel saltou da cama, correu para o banheiro, fez a barba e lavou-se.

Vestiu-se rapidamente e sem ruído. Estava na cozinha, preparando sanduíches, quando a mulher apareceu, bocejando:

– Vais sair de novo, Samuel?

Fez que sim com a cabeça. Embora jovem, tinha a fronte calva; mas as sobrancelhas eram espessas, a barba, embora recém-feita, deixava ainda no rosto uma sombra azulada. O conjunto era uma máscara escura.

– Todos os domingos tu sais cedo – observou a mulher com azedume.

– Temos muito trabalho no escritório.

Ela olhou os sanduíches:

– Por que não vens almoçar?

— Já te disse: muito trabalho. Não há tempo. Levo um lanche.

A mulher coçava a axila esquerda. Antes que voltasse à carga, Samuel pegou o chapéu:

— Volto de noite.

As ruas ainda estavam úmidas de cerração. Samuel tirou o carro da garagem. Guiava vagarosamente, ao longo do cais, olhando os guindastes imóveis, as barcaças atracadas.

Estacionou o carro numa travessa quieta. Com o pacote de sanduíches debaixo do braço, caminhou apressadamente duas quadras. Deteve-se ao chegar a um hotelzinho velho e sujo. Olhou para os lados e entrou furtivamente. Bateu com as chaves do carro no balcão, acordando um homenzinho que dormia sentado numa poltrona rasgada. Era o gerente. Esfregando os olhos, pôs-se de pé:

— Ah! seu Isidoro! Chegou mais cedo hoje. Friozinho bom este, não é? A gente...

— Estou com pressa, seu Raul — atalhou Samuel.

— Está bem, não vou atrapalhar. — Estendeu a chave. — É o de sempre.

Samuel subiu quatro lanços de uma escada vacilante.

Ao chegar ao último andar, duas mulheres gordas, de chambre floreado, olharam-no com curiosidade:

— Aqui, meu bem! — uma gritou, a outra riu.

Ofegante, Samuel entrou no quarto e fechou a porta à chave. Era um aposento pequeno: uma cama de casal, um guarda-roupa de pinho; a um canto, uma bacia cheia d'água, sobre um tripé. Samuel correu as cortinas esfarrapadas, tirou do bolso um despertador de viagem, deu corda e colocou-o na mesinha de cabeceira.

Puxou a colcha e examinou os lençóis com o cenho franzido; com um suspiro, tirou o casaco e os sapatos, afrouxou a gravata. Sentado na cama, comeu vorazmente quatro sanduíches. Limpou os dedos no papel de embrulho, deitou-se e fechou os olhos.

Dormir.

Em pouco, dormia. Lá embaixo, a cidade começava a mover-se: os automóveis buzinando, os jornaleiros gritando, os sons longínquos.

Um raio de sol filtrou-se pela cortina, estampou um círculo luminoso no chão carcomido.

Samuel dormia. Nu, corria por uma planície imensa, perseguido por um índio montado a cavalo. No quarto abafado ressoava o galope. No planalto da testa, nas colinas do ventre, no vale entre as pernas, corriam, perseguidor e perseguido.

Samuel mexia-se e resmungava. Às duas e meia da tarde sentiu uma dor lancinante nas costas. Sentou-se na cama, os olhos esbugalhados: o índio acabava de trespassá-lo com a lança. Esvaindo-se em sangue, molhado de suor, Samuel tombou lentamente; ouviu o apito soturno de um vapor. Depois fez-se silêncio.

Às sete horas o despertador tocou. Samuel saltou da cama, correu para a bacia, lavou-se. Vestiu-se rapidamente e saiu.

Sentado numa poltrona, o gerente lia uma revista.

– Já vai, seu Isidoro?

– Já – disse Samuel, entregando a chave. Pagou, conferiu o troco em silêncio.

– Até domingo que vem, seu Isidoro – disse o gerente.

– Não sei se virei – respondeu Samuel, olhando pela porta; a noite caía.

– O senhor diz isto, mas volta sempre – observou o homem, rindo.

Samuel saiu.

Guiou lentamente ao longo do cais. Parou um instante para olhar os guindastes recortados contra o céu avermelhado. Depois seguiu para casa.

Canibal

Em 1950, duas moças sobrevoavam os desolados altiplanos da Bolívia. O avião, um Piper, era pilotado por Bárbara; bela mulher, alta e loira, casada com um rico fazendeiro de Mato Grosso. Sua companheira, Angelina, uma criatura esguia e escura, de grandes olhos assustados. Eram irmãs de criação.

O sol declinava no horizonte, quando o avião teve uma pane. Manobrando desesperadamente, Bárbara conseguiu fazer uma aterrissagem forçada num platô. O avião, porém, ficou completamente destruído, e as duas mulheres encontraram-se, completamente sós, a centenas de quilômetros da vila mais próxima.

Felizmente (e talvez prevendo esta eventualidade), Bárbara trazia consigo um grande baú, contendo os mais diversos víveres: anchovas, castanhas-do-pará, caviar do Mar Negro, morangos, rins grelhados, compota de abacate, queijo de Minas, vidros de vitaminas. Este baú estava intacto!

Na manhã seguinte, Angelina teve fome. Pediu a Bárbara que lhe fornecesse um pouco de comida. Bárbara fez-lhe ver que não podia concordar; os víveres pertenciam a ela, Bárbara, e não a Angelina. Resignada, Angelina afastou-se, à procura de frutos ou raízes. Nada encontrou: a região era completamente árida. Assim, naquele dia, nada comeu.

Nem nos três dias subsequentes. Bárbara, ao contrário, engordava a olhos vistos, talvez pela inatividade, uma vez que contentava-se em ficar deitada, comendo e esperando que o socorro aparecesse. Angelina caminhava de um lado para outro, chorando e lamentando-se, o que só contribuía para aumentar suas necessidades calóricas.

No quarto dia, enquanto Bárbara almoçava, Angelina aproximou-se dela, com uma faca na mão. Curiosa, Bárbara parou de mastigar a coxinha de galinha e ficou observando a outra, que estava parada, completamente imóvel. De repente Angelina colocou a mão esquerda sobre uma pedra e de um golpe decepou o seu terceiro dedo. O sangue jorrou. Angelina levou a mão à boca e sugou o próprio sangue.

Como a hemorragia não cessasse, Bárbara fez um torniquete e aplicou-o à raiz do dedo. Em poucos minutos, o sangue parou de correr. Angelina apanhou o dedo do chão, limpou-o e devorou-o até os ossinhos. Só jogou fora a unha.

Bárbara observou-a em silêncio. Quando Angelina terminou de comer, pediu-lhe uma falange; quebrou-a e, com uma lasca, palitou os dentes. Depois ficaram conversando, lembrando cenas de infância etc.

Nos dias seguintes, Angelina comeu os dedos das mãos, depois os dos pés. Seguiram-se as pernas e as coxas.

Bárbara ajudava-a a preparar as refeições, aplicando torniquetes, ensinando como aproveitar o tutano dos ossos etc.

No décimo quinto dia, Angelina viu-se obrigada a abrir o ventre. O primeiro órgão que extraiu foi o fígado. Como estava com muita fome, devorou-o cru, apesar dos avisos de Bárbara, para que o fritasse primeiro. Como resultado, ao fim da refeição, continuava com fome. Pediu a Bárbara um pedaço de pão para passar no molhinho.

Bárbara negou-se a atender o pedido, relembrando as ponderações já feitas.

Depois do baço e dos ovários, Angelina passou ao útero, onde teve uma desagradável surpresa; encontrou, neste órgão, um grande tumor. Bárbara observou que era por isto que a outra não vinha se sentindo bem há meses. Angelina concordou, acrescentando: "É pena que eu tenha descoberto isso só agora". Depois, perguntou a Bárbara se faria mal comer o câncer. Bárbara aconselhou-a a jogar fora esta porção, que já estava até meio apodrecida.

No vigésimo dia, Angelina expirou; e foi no dia seguinte que a equipe de salvamento chegou ao altiplano. Ao verem o cadáver semidestruído, perguntaram a Bárbara o que tinha acontecido; e a moça, visando preservar intacta a reputação da irmã, mentiu pela primeira vez na vida:

– Foram os índios.

Os jornais noticiaram a existência de índios antropófagos na Bolívia, o que não corresponde à realidade.

O velho Marx

Nos fins do século passado, Marx estava realmente cansado. As lides políticas esgotavam-no. Estava doente e descrente de seu futuro como líder do movimento operário mundial. O que podia ter feito, já fizera. *O capital* estava lançado e circulava; seus artigos eram lidos atentamente. E contudo Marx continuava doente, pobre, frustrado.

– Basta – disse Marx. – Tenho poucos anos de vida. Vou vivê-los anonimamente, mas no conforto.

Esta decisão foi penosa. Faz lembrar a história de um homem que se julgava superior aos demais porque tinha seis dedos no pé esquerdo. Tanto falava nisto, que um dia um amigo quis vê-los, os seis artelhos. Tira o homem sapato e meia e, quando vê, tinha cinco dedos, como todo mundo. Risos gerais. Volta o homem para casa e, desiludido, vai dormir. Tira novamente o sapato: no pé esquerdo tem quatro dedos.

Estava cansado, Marx. "Quero viver bem os poucos anos de vida que me restam." Marx baseava-se num cálculo empírico: subtraía sua idade da expectativa de vida de então e angustiava-se: não lhe restava muito tempo, parecia. Que fazer? Entregar-se a aventuras jocosas? Mas seria lícito trocar a seriedade pela hilaridade? Desperdiçar – na expressão dos rosa-cruzes – em risos os anos da vida?

Marx tinha filhas. Desejava para elas um futuro melhor, uma vida confortável... Como?

Mais do que ninguém, Marx conhecia a estrutura do capitalismo em ascensão. Diagnosticou acertadamente todos os erros da nascente sociedade industrial. "Ninguém melhor do que eu para explorar estes erros" – pensava. A riqueza estava ao alcance da mão.

Contudo, não se decidia. Deixava os dias passar, dava desculpas à mulher. "Estou estudando a melhor maneira... tenho de fazer alguns cálculos... atualmente não tenho disposição..." Relapso Marx.

A mulher e as filhas é que não estavam para brincadeiras. Já não tinham o que vestir. Faziam só uma refeição por dia, composta de batatas e pão velho.

De modo que Marx teve que se decidir. Resolveu testar suas teorias sobre o lucro fácil num país novo. Escolheu o Brasil.

Numa manhã de inverno nos começos deste século, Marx chega a Porto Alegre. O navio atracou no cais em meio ao nevoeiro. Marx e suas filhas espiavam as barcaças dos vendedores de laranja. As meninas choravam de fome.

Um velho gaúcho deu a uma delas um pedaço de linguiça. A menina devorou-o e riu satisfeita.

– Eta, guriazinha faminta! – disse o homem, admirado.

"Preciso fazer um estudo sobre o papel do proletariado nos países atrasados" – pensou Marx, mas em seguida lembrou-se de que estava ali para ganhar dinheiro e não para elaborar teorias.

– Vamos! – comandou.

Hospedaram-se numa pensão na antiga rua Pantaleão Teles. Logo após a chegada, mais uma tragédia veio enlutar a família Marx: a caçulinha Punzi, que tinha comido linguiça, adoeceu com cólicas e diarreia. Marx, sem recursos para chamar médico, levou a menina à Santa Casa, onde ela faleceu na mesma noite.

– Se tivessem trazido logo... – disse o interno de plantão.

Em sua dor, a mulher de Marx voltou-se para o marido:

– Tu és o culpado, revolucionário maldito! És incapaz de amar! Só sabes semear o ódio por todas as partes! Delicia-te a luta de classes; mas és incapaz de comover-te com o sofrimento de tuas filhas!

Compungido, Marx suportou a torrente de impropérios.

No dia seguinte foi procurar emprego.

Conseguiu colocação numa fábrica de móveis na Avenida Cauduro. Era um lugar pequeno, escuro e cheio de pó; mal rendia o suficiente para sustentar o proprietário. Mas este, um velho judeu barbudo, tinha pensamentos filosóficos:

— Onde come um, comem dois, três, quatro. Ainda mais um judeu: mesmo que seja um alemão.

Além de Marx, trabalhavam na fábrica o Negro Querino e Ióssel, um rapazinho de óculos e cheio de espinhas. Negro Querino era hábil com a pua, a plaina, a goiva, o formão, o martelo; trabalhava também na lixadeira; era lustrador quando necessário. Ninguém melhor do que ele na serra de fita.

Ióssel dava uma mãozinha aqui, uma mãozinha ali. Falou a Marx:

— Não quer juntar-se a nós? Somos um grupo de bons rapazes judeus. Reunimo-nos ora na casa de um, ora na casa de outro. Discutimos assuntos variados. Pretendemos casar com boas moças e formar famílias. Queremos melhorar a vida da nossa comunidade. Aceita participar, Karl Marx?

Marx recusou por duas razões: primeiro, porque após ter escrito *Sobre a questão judaica*, acreditava ter esgotado o assunto com o povo judeu; e depois, porque sua finalidade era enriquecer, não confraternizar.

— Não posso aceitar, Ióssel. Meu objetivo é subir na vida. Aconselho-te a deixar de lado as ilusões. Dedica-te a algo sério, antes que seja tarde demais. Tua saúde já está abalada. Vais acabar morrendo de tuberculose.

De fato: embora a tuberculose seja rara entre os judeus, Ióssel passou a escarrar sangue e morreu sem ter constituído família. Foram ao enterro o velho, Marx e Negro Querino. No cemitério apareceram alguns rapazes de cara assustada. Marx supôs que fossem do círculo de debates. Estava certo: Marx errava muito pouco, agora.

Uma noite, antes de dormir, Marx olhou para o pé esquerdo:

– Cinco dedos – disse em voz alta. – Quatro antes: seis, um dia!

– O quê? – perguntou a mulher, sonolenta.

– Dorme, mulher – respondeu ele.

Marx estava sempre atento à conjuntura econômica. Lia tudo o que lhe caía às mãos: jornais, revistas, livros. Ouvia rádio. Escutava conversas pelas esquinas. Coletava dados. Examinava tendências.

O dono da fábrica estava muito velho. Um dia chamou Marx:

– Estou velho. Preciso de um sócio. Não queres ser meu sócio?

– Nada tenho.

– Não preciso. Confio na tua honradez de judeu; ainda que sejas um alemão.

Marx aceitou. Ficaram dois a mandar no Negro Querino. Este não se importava; corria da lixadeira para a serra de fita, da serra de fita para a lustração, no caminho pregava um sarrafo, sempre a cantarolar *Prenda Minha*.

Lentamente, como um motor que vai adquirindo velocidade, Marx começou a trabalhar. Antes dele, o sistema da fábrica era simples. Um freguês entrava na fábrica, encomendava um roupeiro, nas dimensões e formato que bem entendia, e ainda estipulava o preço.

Selado o acordo com um aperto de mão, iam todos, patrão e empregados, fazer o roupeiro. Marx acabou com esta desordem. Declarou instituída a linha de montagem. Mas antes despediu o Negro Querino.

– Por quê? – protestou o velho. – Um empregado tão bom! Faz tudo!

– Exatamente por isto – respondeu Marx. – Quero gente que só saiba fazer uma coisa: especialistas, entendes? Estes que trabalham na goiva, na plaina, na serra de fita, que entendem de tudo, não me servem, entendes?

– Mas tu não conheces nada de móveis! – o velho estava desconsolado.

– Mas conheço economia. Vai dormir, sócio.

Começava a Segunda Guerra Mundial. Marx, que já raspara a barba, hasteou na fábrica a bandeira nacional. Falava um português perfeito; ninguém diria que se tratava de um europeu. Contudo, tinha razão em tomar precauções. Conseguira um contrato para fabricar móveis para o exército e não queria que sua condição de estrangeiro prejudicasse os negócios.

O velho passava os dias na sinagoga.

Notícias horríveis vinham da Europa. Os campos de concentração. Os fornos... A mulher de Marx um dia disse-lhe à mesa do café: "Tinhas razão quando falavas que a história da humanidade é atravessada por um fio de sangue!", e serviu-se de manteiga.

Churchill prometia aos ingleses sangue, suor e lágrimas. Marx mandou instalar na fábrica um sistema de alto-falantes que irradiavam canções patrióticas e pediam aos operários aumento na produção. "Londres está sendo bombardeada! E você, o que faz?" Foi dos primeiros empresários a investir em publicidade. Graças a este senso de oportunidade e a outras qualidades, ganhou muito dinheiro.

É claro que o processo não foi contínuo nem suave. A enchente de 1941 causou-lhe um sério revés. Milhares de tábuas de madeira de lei saíram a flutuar, levadas pelas águas barrentas: Marx recebeu o golpe com resignação. "O homem se tornou gigante controlando as forças da natureza" – pensou.

Em compensação, com a enchente o velho pegou pneumonia e morreu. Foi um alívio para Marx; não suportava mais as admoestações do sócio. Contudo, inaugurou o retrato dele no escritório, proferindo, na ocasião, um comovido discurso.

Teve de suportar ainda uma grande crise moral. Foi no fim da guerra: as tropas russas avançavam pela Europa levando tudo de roldão. Bandeiras vermelhas surgiam nas capitais.

"Será que eu estava certo?" – perguntava-se Marx, assustado. "O proletariado tomará o poder? Os capitalistas serão esmagados? O último financista será enforcado nas tripas do último proprietário?"

Decidiu pôr à prova suas antigas teorias. Se estivessem erradas, reconheceria seu erro e ajudaria o operariado a vencer a luta de classes.

Tinha em uma de suas fábricas um aprendiz chamado Querininho. Era filho do Negro Querino. Decidiu usá-lo como cobaia.

Chamava-o.

– Querininho.

– Senhor?

– Limpa meus sapatos.

– Sim, senhor.

Sorrindo, Querininho limpava os sapatos de Marx.

– Querininho.

– Senhor?

– És um imbecil.

– Sim, senhor.

– Não vês que tudo isto é teu? As máquinas são tuas; os móveis que fazes são teus; o palacete em que eu moro é teu. Poderias ser amante de minhas filhas se quisesses. O futuro te pertence.

– Sim, senhor.

– Não queres a fábrica?

– O senhor está brincando, seu Marx! – dizia o crioulo, os dentes de fora.

– Não estou brincando, cretino! – berrava Marx. – Toma a fábrica! Ela é tua! Faz greve! Arma barricadas!

Querininho ficava quieto, olhando o chão.

– O que é que tu mais queres na vida?

– Ter uma casinha na Vila Jardim. Ir ao futebol todos os domingos. Tomar uma cachacinha com os amigos no sábado à noite. Casar. Ser feliz.

Todas as noites Marx contava os dedos dos pés.

– Já são seis? – perguntava a mulher, debochando dele. Ela também morreu. Marx organizou uma Fundação em memória dela.

Velho, Marx tornou-se amargo. Uma de suas filhas casou-se com o dono de uma companhia de aviação, mas ele não foi ao casamento. Outra fugiu com o guarda-livros da firma. Ele não se importou.

Qual era o segredo de Marx? Ele estava sempre na crista da onda. Percebia: "Vão faltar moradias para toda esta gente que emigra das zonas rurais em busca dos atrativos das grandes cidades". E lançava-se aos negócios imobiliários. Usava psicologia: oferecia coisas como Segurança, com S maiúsculo. Era amigo de todas as figuras do mundo bancário: as torneiras do crédito estavam sempre abertas para ele. Quando havia retração, oferecia financiamento a juros altos.

Velho, Marx tornou-se amargo. Tomava chimarrão, coisa que sempre detestara; sugando melancolicamente a bomba, resmungava contra os empresários modernos ("Vagabundos. Vagabundos e burros. Não entendem nada de economia. Sem computador não fazem nada. Não têm visão. Eu era capaz de prever uma crise com precisão de minutos – e nunca precisei de computador"), contra os países comunistas ("Brigam entre si como comadres. E só pensam em consumo"), contra o chimarrão ("Está frio! Está frio!").

Querininho morreu num acidente da fábrica. Antes de expirar pediu para ver o patrão, a quem pediu humildemente a bênção.

Marx ficou muito impressionado. Três dias depois foi hospitalizado e teve seu pé esquerdo amputado. Fez questão de enterrá-lo, embalsamado, com grandes pompas fúnebres. Altas figuras estiveram presentes ao enterro; entreolhavam-se constrangidas.

Marx morreu há muitos anos.

Durante manifestações antiesquerdistas, o pé embalsamado foi desenterrado por uma multidão furiosa. Antes de queimarem-no, alguém notou que tinha seis dedos.

Leo

Leo, o menino judeu: nos úmidos olhos castanhos, restos das pequenas aldeias da Polônia. Sorriso raro e triste.

O pai de Leo era um marceneiro alto e forte. Trabalhava muito e ganhava pouco. Às vezes tinha dor de cabeça e gemia baixinho. A mãe cozinhava e salmodiava tristes canções em ídichc. Às sextas-feiras imolava um peixe do mar. A família sentava-se em torno à mesa coberta com uma toalha branca. À luz de velas repartiam o alimento. Ao pai tocava a cabeça; ele a comia devagar. No fim chupava os ossos do crânio achatado.

Moravam num beco, numa casa de madeira. No fundo do grande quintal havia um galpão de madeira, fechado a cadeado; nele, jamais Leo entrara.

Era inverno... De manhã, meninos morenos pegavam seus caniços e iam pescar no rio.

Leo ficava na janela, olhando a rua. Não podia ir pescar. Cuidava da casa enquanto o pai trabalhava na fábrica de móveis e a mãe fazia compras na feira. Leo não podia sair.

Uma ocasião... Choveu dias. Uma manhã Leo chegou à porta da cozinha e olhou o quintal: estava tudo inundado. Vestiu-se, disse adeus à mãe e pôs-se a remar. Hasteou no mastro sua bandeira e sondou a vastidão das águas.

O barco navegava bravamente. As noites se sucediam, estreladas. No cesto de gávea Leo vigiava e pensava em todos os esplêndidos aventureiros: John, o inglês que escalou o Itatiaia com uma mão amarrada às costas; Fred, que foi lançado num barril ao golfo do México e recolhido um ano depois na ilha da Pintada; Bóris, irmão de sangue de um chefe comanche.

Alimentava-se de peixes e algas; escrevia no diário de bordo e contemplava as ilhas. Os nativos o viam passar – um homem taciturno, distante das águas, distante do céu. Certa vez – uma tempestade! Mas não o venceu, não venceu!

E os monstros? Que dizer deles, se nunca ninguém os viu?

– Leo, vem almoçar! – gritava a mãe.

Leo navegava ao largo; perto da África.

Um dia voltou. Depois, nunca mais foi livre.

Tarde de inverno. O sol pálido deslizava no céu. Na fábrica de móveis, o pai trabalhava na lixadeira, a cabeça branca de pó. Empilhava portas de armário entre montes de serragem. O patrão vinha e gritava com ele em ídiche.

A mãe assava o peixe para a noite que viria, noite sagrada, noite de Shabat. Estava grávida e movia-se com dificuldade. No ar frio e rarefeito pombas adejavam lentas, espreitavam. No fundo do quintal havia um galpão fechado a cadeado.

Jantavam em silêncio. Os pais iam dormir. Na pia da cozinha, os pratos empilhados, ainda com restos de peixe. As portas dos armários estalavam.

Leo não podia dormir. Tinha febre. Chorava baixinho, segurando na mão úmida seu tesouro: linha e anzol. Estava tudo muito escuro. Neste escuro, Leo levantou-se e andou. Atravessou o estreito corredor, atravessou a cozinha e chegou ao quintal. Eram mais de onze horas, era mais de meia-noite.

Leo saiu para a noite fria. Caminhou, a princípio encostado no muro limoso, depois sem apoio. Para trás ficavam a casa, o pai, e mãe.

Chegou ao galpão. Abaixou-se, enfiou sob a grande porta a linha e o anzol e ficou à espera. Imóvel sob o céu, contido entre muros, Leo esperava. Dentro dele, alguma coisa crescia e palpitava.

Esperava. De repente, sentiu a linha estremecer. Um sinal? Não se atreveu a puxar. Tinha medo. Queria largar tudo e fugir. Mas conteve-se; esperou; e aí ficou muito calmo e muito quieto, pronto para a longa vigília. E quando a linha estremeceu de novo, puxou com toda a força.

Alguma coisa pulou no ar e caiu em seus braços. Era um peixe; um pobre animal, uma lamentável criatura das águas. Vivera na profundidade, por certo: não tinha olhos. Leo arrancara-o do fundo e, agora, tinha-o no colo. Examinava o peixe, a pele maltratada do peixe, as barbatanas grotescas. Examinava a boca retorcida, de onde saía às vezes um débil gemido. Leo acariciou a cabeça absurda.

Chorava baixinho; tinha febre. Na Polônia, a aldeia dormia.

Uma casa

Um homem ainda não tinha comprado sua casa quando sofreu um ataque de angina de peito. A dor foi muito forte e ele teve, como é habitual nestes casos, a sensação da morte iminente. Ao médico que o atendeu perguntou quanto tempo lhe restava de vida.

– Quem sabe? – disse o doutor. – Talvez um dia, talvez dez anos.

O homem se impressionou muito, coisa que não acontecia há longo tempo. Sua existência era tranquila. Estava aposentado; levantava-se, lia o jornal (apenas a seção de curiosidades e passatempos); ia para a Praça da Alfândega, conversava com os amigos, engraxava os sapatos. Almoçava, dormia um pouco e, à tarde, ouvia rádio. À noite olhava televisão. Todas estas coisas embalavam suavemente seu espírito, sem mobilizá-lo em excesso. Órfão e solteiro, não tinha maiores cuidados; vivia num quarto de pensão e a senhoria – boa mulher – velava por tudo.

Mas, então, vê o homem sua vida extinguir-se. Lavando-se, observa a água escoar-se pelo ralo da pia: "É assim". Enxuga o rosto, penteia-se com cuidado. "Ao menos uma casa." Qualquer coisa: um chalé, um apartamento minúsculo, um porão que seja. Mas morrer em casa. No seu lar.

Procura uma imobiliária. O corretor mostra-lhe plantas e fotografias. O homem olha, perplexo. Não sabe escolher. Ignora se precisa de dois quartos ou de três. Há uma casa com ar-condicionado, mas será que ele viverá até o verão?

De repente, encontra: "Esta aqui. Fico com ela". A fotografia mostra um velho bangalô de madeira, com beiradas coloniais e pintura desbotada. "Esta nós anunciamos pelo terreno" – explica o corretor. – "A casa, mesmo, está quase caindo." "Não faz mal." O corretor ainda pondera: "Olhe que é longe...". Longe!... O homem sorri. Assina os papéis, pega a chave, toma nota do endereço e sai.

A tarde vem caindo e o homem move-se entre as pessoas, bem contente. Vai mudar-se para a sua casa! Perto da pensão, numa praça, há carroceiros à espera de serviço. O homem conversa com um deles, acerta a mudança.

O carroceiro leva algum tempo para ajeitar a bagagem. É noite fechada quando se põem a caminho. O homem viaja quieto. Não se despediu da dona da pensão. Deu o endereço ao carroceiro e não proferiu mais palavra.

A carroça avança devagar pelas ruas desertas. Embalado pelo movimento, o homem cochila: e tem sonhos, visões, ou lembranças: antigas canções; a mãe chamando-o para tomar café; a sineta do colégio.

– É aqui – diz o carroceiro. O homem olha: é a mesma casa que via na fotografia. Num impulso, agarra a mão do carroceiro, agradece, deseja-lhe felicidades. Tem mesmo vontade de convidá-lo a entrar: venha tomar um chá em minha casa. Mas não há chá. O carroceiro recebe o pagamento e se vai, tossindo.

O homem leva suas coisas para dentro, fecha a porta e dá duas voltas à chave. Acende uma vela. Olha ao redor: o chão juncado de insetos mortos e farrapos de papel, as paredes sujas. Está muito cansado. Estende no chão um cobertor e deita-se, enrolado no sobretudo.

As tábuas estalam, e ele ouve sussurros; são vozes conhecidas: pai, mãe, tia Rafaela, estão todos aqui – até mesmo o avô, com seu risinho irônico.

Não, o homem não se assusta. Seu coração – um pedaço de couro seco, ele imagina – bate no ritmo de sempre. Ele dorme, a vida se apaga, e já é de manhã.

É de manhã, mas o sol não surgiu. O homem se levanta e abre a janela; uma luz fria e cinzenta infiltra-se na sala. Não é luz do sol, nem é luz da lua. E é a esta luz que ele vê a rua que passa diante da casa. Um pedaço de rua, surgindo do nevoeiro e terminando nele. Não há casas; pelo menos ele não as vê. Bem diante do bangalô há um terreno baldio e nele, coberto pela vegetação, o esqueleto enferrujado de um velho Packard.

Um animal pula do terreno baldio para a estrada. É um ser exótico, parecido com um rato, mas quase do tamanho de um jumento. "Que bicho será?" – pergunta-se o homem. No ginásio, gostara muito de zoologia. Estudava em detalhe o ornitorrinco e a zebra; os roedores também. Desejara ser zoólogo, mas amigos de bom senso dissuadiram-no de seguir uma profissão que, diziam, até provarem o contrário, não existe. Mesmo assim, a visão do curioso espécime é um choque. E nem bem o homem se recupera, quando ouve alguém assobiando.

Da cerração vem saindo um homem. Um homem baixo e moreno, com cara de índio. Caminha devagar, batendo nas pedras com um cajado; e assobiando sempre.

– Bom dia!

O nativo não responde. Para. Fica olhando e sorrindo. Desconcertado, o homem insiste.

– Mora por aqui?

Sorrindo sempre, o andarilho murmura algumas palavras em idioma bizarro e desaparece.

"É um idioma bizarro" – pensa o homem. Logo, um país distante. Bem que o corretor lhe avisara! Mas isto fora há longo tempo. Desnorteado, o homem resolve subir ao andar de cima para, de lá, situar-se melhor. Corre para a escada, galga os degraus de dois em dois (e não me dá angina!), chega a uma espécie de torreão, cuja janelinha ele abre. A névoa se dissipa e ele pode ver.

E o que é que ele vê? Rios brilhando ao longo de planícies, é o que ele vê; lagos piscosos, florestas imensas, picos nevados, vulcões. Vê o mar, muito longe: e nos portos, caravelas atracadas. Até os marinheiros ele pode ver, subindo nos mastros e soltando as bujarronas.

– Sim, é outro país – concluiu o homem. – E tenho de começar tudo de novo.

Seriam dez horas da manhã – se é que as horas ainda existiam – e a temperatura poderia ser considerada agradável.

O homem começa tirando o sobretudo.

II
OUTRAS HISTÓRIAS

Trem fantasma

Afinal se confirmou: era leucemia mesmo, a doença de Matias, e a mãe dele mandou me chamar. Chorando, disse-me que o maior desejo de Matias sempre fora passear de Trem Fantasma; ela queria satisfazê-lo agora, e contava comigo. Matias tinha nove anos. Eu, dez. Cocei a cabeça.

Não se poderia levá-lo ao parque onde funcionava o Trem Fantasma. Teríamos de fazer uma improvisação na própria casa, um antigo palacete nos Moinhos de Vento, de móveis escuros e cortinas de veludo cor de vinho. A mãe de Matias deu-me dinheiro; fui ao parque e andei de Trem Fantasma. Várias vezes. E escrevi tudo num papel, tal como escrevo agora. Fiz também um esquema. De posse destes dados, organizamos o Trem Fantasma.

A sessão teve lugar a 3 de julho de 1956, às vinte e uma horas. O minuano assobiava entre as árvores, mas a casa estava silenciosa. Acordamos o Matias. Tremia de frio.

A mãe o envolveu em cobertores. Com todo o cuidado colocamo-lo num carrinho de bebê. Cabia bem, tão mirrado estava. Levei-o até o vestíbulo da entrada e ali ficamos, sobre o piso de mármore, à espera.

As luzes se apagaram. Era o sinal. Empurrando o carrinho, precipitei-me a toda velocidade pelo longo corredor. A porta do salão se abriu; entrei por ela. Ali estava a mãe de Matias, disfarçada de bruxa (grossa maquilagem vermelha. Olhos pintados, arregalados. Vestes negras. Sobre o ombro, uma coruja empalhada. Invocava deuses malignos).

Dei duas voltas pelo salão, perseguido pela mulher. Matias gritava de susto e de prazer. Voltei ao corredor.

Outra porta se abriu – a do banheiro, um velho banheiro com vasos de samambaia e torneiras de bronze polido. Suspenso no chuveiro estava o pai de Matias, enforcado: língua de fora, rosto arroxeado. Saindo dali, entrei num quarto de dormir onde estava o irmão de Matias, como esqueleto (sobre o tórax magro, costelas pintadas com tintas fosforescentes; nas mãos, uma corrente enferrujada). Já o gabinete nos revelou as duas irmãs de Matias, apunhaladas (facas enterradas nos peitos; rostos lambuzados de sangue de galinha. Uma estertorava).

Assim era o Trem Fantasma, em 1956.

Matias estava exausto. O irmão tirou-o do carrinho e, com todo o cuidado, colocou-o na cama.

Os pais choravam baixinho. A mãe quis me dar dinheiro. Não aceitei. Corri para casa.

Matias morreu algumas semanas depois. Não me lembro de ter andado de Trem Fantasma, desde então.

O dia em que matamos James Cagney

Uma vez fomos ao Cinema Apolo.

Sendo matinê de domingo, esperávamos um bom filme de mocinho. Comíamos bala café com leite e batíamos na cabeça dos outros com nossos gibis. Quando as luzes se apagaram, aplaudimos e assobiamos; mas depois que o filme começou, fomos ficando apreensivos...

O mocinho, que se chamava James Cagney, era baixinho e não dava em ninguém. Ao contrário: cada vez que encontrava o bandido – um sujeito alto e bigodudo chamado Sam – levava uma surra de quebrar os ossos. Era murro, e tabefe, e chave-inglesa, e até pontapé na barriga. James Cagney apanhava, sangrava, ficava de olho inchado – e não reagia.

A princípio estávamos murmurando, e logo batendo os pés. Não tínhamos nenhum respeito, nenhuma estima por aquele fracalhão repelente.

James Cagney levou uma vida atribulada. Muito cedo teve de trabalhar para se sustentar. Vendia jornais na esquina. Os moleques tentavam roubar-lhe o dinheiro. Ele sempre se defendera valorosamente. E agora sua carreira promissora terminava daquele jeito! Nós vaiávamos, sim, nós não poupávamos os palavrões.

James Cagney já andava com medo de nós. Deslizava encostado às paredes. Olhava-nos de soslaio. O cão covarde, o patife, o traidor.

Três meses depois do início do filme ele leva uma surra formidável de Sam e fica estirado no chão, sangrando como um porco. Nós nem nos importávamos mais. Francamente, nosso desgosto era tanto, que por nós ele podia morrer de uma vez – a tal ponto chegava nossa revolta.

Mas aí um de nós notou um leve crispar de dedos na mão esquerda, um discreto ricto de lábios.

Num homem caído aquilo podia ser considerado um sinal animador.

Achamos que, apesar de tudo, valia a pena trabalhar James Cagney. Iniciamos um aplauso moderado, mas firme.

James Cagney levantou-se. Aumentamos um pouco as palmas – não muito, o suficiente para que ele ficasse de pé. Fizemos com que andasse alguns passos. Que chegasse a um espelho, que se olhasse, era o que desejávamos no momento.

James Cagney olhou-se ao espelho. Ficamos em silêncio, vendo a vergonha surgir na cara partida de socos.

– Te vinga! – berrou alguém. Era desnecessário: para bom entendedor nosso silêncio bastaria, e James Cagney já aprendera o suficiente conosco naquele domingo à tarde no Cinema Apolo.

Vagarosamente ele abriu a gaveta da cômoda e pegou o velho revólver do pai. Examinou-o: era um 45! Nós assobiávamos e batíamos palmas. James Cagney botou o chapéu e correu para o carro. Suas mãos seguravam o volante com firmeza; lia-se determinação em seu rosto. Tínhamos feito de James Cagney um novo homem. Correspondíamos aprovadoramente ao seu olhar confiante.

Descobriu Sam num hotel de terceira. Subiu a escada lentamente. Nós marcávamos o ritmo de seus passos com nossas próprias botinas. Quando ele abriu a porta do quarto, a gritaria foi ensurdecedora.

Sam estava sentado na cama. Pôs-se de pé. Era um gigante. James Cagney olhou para o bandido, olhou para nós. Fomos forçados a reconhecer: estava com medo. Todo o nosso trabalho, todo aquele esforço de semanas fora inútil. James Cagney continuava James Cagney. O bandido tirou-lhe o 45, baleou-o no meio da testa: ele caiu sem um gemido.

– Bem feito – resmungou Pedro, quando as luzes se acenderam. – Ele merecia.

Foi o nosso primeiro crime. Cometemos muitos outros, depois.

Reino vegetal

No reino vegetal. É assim que Glória fala: moramos no reino vegetal, entre grandes samambaias, avencas, seringueiras, jiboias, plantas verdes e túmidas que se desenrolam pela casa. É Marina quem cuida delas. Como em tudo: Marina cozinha, Glória se enfeita. Marina costura, Glória graceja. Glória dorme, Marina vigila. E borda, e lava e pole. Caseia, forra botões, borda e tricota. É uma moça prendada, dizem. Confecciona flores artificiais para vender. O lucro deste trabalho representa uma importante parcela de seu orçamento doméstico e propicia ainda a formação de um pequeno cabedal para as horas difíceis. Formiga, verdadeira formiga, a Marina. Quanto a Glória, canta diante do espelho, maquila-se, examina com interesse a pele do rosto. Mas afinal – perguntam-se os vizinhos – quem é a mãe, quem é a filha?

Glória é a mãe. Nasceu antes. Casou, concebeu Marina e ficou viúva. Chorou um pouco a morte do marido; depois esqueceu-o. Tem a filha, luz de seus olhos. Luz baça, mas que pelo menos espanta as sombras que surgem dos ângulos mortos da casa e entre os ramos das samambaias.

Marina cuida da mãe e da casa, movendo-se em silêncio na cozinha. Depois do almoço, enquanto Glória ressona, senta junto ao fogão, acende um cigarro e fica, de testa franzida (cultiva rugas, segundo Glória), a olhar as paredes rachadas.

E são as três da tarde. Logo um raio de sol ("o cavalinho da feiticeira", diz Marina) se infiltrará por uma fresta da veneziana do quarto. Marina sentará na cama, colocará a cabeça de Glória em seu colo e a despertará suavemente. "Mãezinha, mãezinha" – murmurará Glória, semiadormecida. "Posso comer chocolate?" "Pode, filhinha" – concordará Marina beijando-lhe as faces coradas. Ajudará Glória a se vestir, deixará que ela vá passear na praça. Mas recomendará que volte antes das cinco. A esta hora, sopra uma brisa forte, na praça.

Na casa vazia, Marina pensará um pouco na sua infância, na boneca de cabelos loiros. Apertará os lábios, afastará estas lembranças com um pequeno gesto e irá regar a jiboia, que viceja musculosa, ante seu olhar admirado. Marina já temeu que esta planta fosse carnívora, já riu destes temores, agora não teme nem ri: aperta os lábios e vai preparar o jantar.

Glória volta afogueada, dizendo que tem um segredo para contar.

"Conta" – diz Marina, o olhar vazio. Glória negaceia: "Depois do jantar". Marina serve-lhe a sopa; põe-lhe um guardanapo ao pescoço para que não suje a blusa nova. "Conta agora" – insiste. Glória ri, bate palmas: é malvada, não contará. E ainda por cima toma a sopa fazendo barulho, porque sabe que Marina não gosta. Marina não gosta de barulhos.

Depois do jantar sentarão no sofá. Marina acenderá o cigarro, Glória deitará a cabeça no ombro dela e falará sobre o homem que a segue na praça: "É alto, moreno. O rosto é sério...". Quer ser namorada dele. "Posso?"

Marina hesitará; não chegará a responder, mesmo porque Glória estará a dormitar. Um raio de lua – a mulinha da bruxa – se esgueira pelo assoalho da sala. A trepadeira desenrola baraços, finos e compridos. Mil olhos brilham entre as folhas das samambaias. São gotas d'água, acha Marina.

Carta de navegação

Hora: 7h30 – Distância da ilha: cerca de oitocentos metros. Distância da margem: zero (nota: barco encalhado). Profundidade da água: no máximo vinte centímetros. Expressão da face: normal (os grandes olhos castanhos, muito abertos, a boca entreaberta). Normal.

A ilha estava lá a oitocentos metros da margem: nós não nos atrevíamos a nadar até lá. Éramos muito pequenos, e além disto nossos pais tinham nos alertado contra os perigos do Guaíba – rio traiçoeiro, cheio de correntezas.

Mas a ilha estava lá, uma pequena extensão de terra coberta de um mato espesso. Durante as cheias, apenas as ramadas das árvores ficavam em pé, e ali decerto se detinham os cadáveres dos animais que desciam boiando pelo rio. Presos na galharia, as carcaças apodreciam; e quando as águas baixavam, os esqueletos ficavam branquejando nos ramos.

Isto sabemos hoje. Naquela época, olhando pelo binóculo (quem tinha o binóculo?) o que víamos eram caveiras de bois – nas copas das árvores – e queríamos saber quem as tinha colocado lá. Índios?

Então descobrimos o barco. Um velho caíque encalhado entre os juncos. Estava cheio de uma água verdosa; quando nos aproximamos, uma pequena cobra deslizou dali e sumiu entre a vegetação.

Quanto à água verdosa, Rogério hoje se deliciaria com ela. Rogério, hoje, é biólogo. O que ele não veria naquela água! Paramécios, amebas; minúsculos vermes; certas larvas – todos vivendo ali num mundo que nada mais era do que um resíduo, mas um resíduo fervilhante de criaturas que se moviam sem cessar em busca de coisas, comidinhas – e nesta busca colidindo umas contra as outras. Rogério, hoje, sabe. Nós viramos o barco e o esvaziamos da água podre, que sumiu na areia grossa e quente, deixando bichinhos se agitando ao ar; depois eles se aquietaram. Cascas de ovo. Um maço de cigarros Continental. Cacos.

O barco voltou à posição normal e estava pronto para navegar.

Nós então nos voltamos para ele e dissemos: pode subir.

Hora: 8h05 – Distância da ilha: a mesma. Distância da margem: a mesma. Profundidade da água: a mesma. Expressão da face: surpresa, discreta apreensão, visível apenas no leve franzir da testa.

Tu, sim – nós insistíamos.
Ele era o mais jovem, o mais leve.
Mas não era só por isto. Porque ele era quieto, quando era para ficar quieto; quando tinha de olhar, olhava, e quando tinha de escutar, escutava, a boca entreaberta, os grandes olhos castanhos muito abertos... E quando tinha de falar, falava; contava tudo, seus sonhos, os sonhos dos outros, dos seus irmãos.
Mas de onde é – nos perguntávamos intrigados – que ele tira tanta coisa? (mentira, quase íamos dizendo, tanta mentira, mas não dizíamos – sabíamos lá se era mentira? E se fosse verdade?)
Agora ele não queria ir. Tenho medo, dizia; e nós – ora, não amola, sobe logo, tu estás louquinho para ir – sabíamos se ele estava dizendo a verdade? Não seria só dengue dele? (Isto era por mil novecentos e cinquenta e pouco; muita gente dengosa, então, muita gente se proseando, muitos babicos.) Sobe duma vez, dizíamos.
E o empurrávamos; não com força, se usássemos nossa força, ele se desmanchava, eram empurrõezinhos pequenos, alegres, carinhosos até; ele resistia – mas sem convicção, sem a rigidez de quem não quer recuar mais um passo, de quem prefere morrer a ceder, talvez não pudesse

mesmo resistir, era muito fraco; de qualquer forma quando viu estava encurralado – atrás dele o barco, à frente nós em semicírculo cheio de risos, de dedos, de unhas, de olhos, de sardas, de cabelos – foi num gesto quase automático que ele passou a perna por cima da borda do barco; quando viu já estava quase dentro, podia ainda sair se quisesse – mas queria sair? queria? – de qualquer modo não saiu; hesitou um pouco, acabou recolhendo a outra perna para dentro do barco. Foi um gesto automático? Foi uma voz interior que mandou? Foi uma decisão consciente, uma sábia resignação?

    Quando vimos, quando ele viu, estava dentro do barco.

Hora: 8h35 – Distância da ilha: a mesma. Distância da margem: a mesma. Profundidade da água: a mesma. Expressão da face: variável segundo o espectador: trêfega cumplicidade (Rui, hoje comerciante); tranquilo desespero (Alberto, hoje padre); franco terror (Jorge, hoje jornalista).

    A partir daí, ele fez tudo o que mandamos. Senta aí no barco, dissemos, e ele sentou. Pega o remo – e ele pegou o remo, que era uma tábua de caixote.

    Chegando à ilha, dizíamos, puxa o barco para a areia, prende ele bem, desce, anda por ali, entra no mato, olha bem, olha tudo; mas se tiver índios, te esconde; rouba uma caveira...

    Ele ouvia em silêncio, imóvel.

Olhava-nos; nós o olhávamos. Olhávamo-nos, consultando-nos a todo o instante: se houver alguma casa, ele deve entrar? Deve falar com quem lá estiver?

E já estávamos empurrando o barco para a água, para o rio.

Força! – gritávamos; força! Era pesado o barco. Força! Deslocou-se uns centímetros, depois mais uns centímetros.

Quando vimos, flutuava.

Rema! – gritamos. Rema!

Ele não remava. Olhava-nos.

Hora: 8h40 – Distância da ilha: cerca de 750 metros. Distância da margem: cinquenta metros (nota: barco em movimento). Profundidade da água: quatro a cinco metros. Expressão da face: (ninguém anotou).

Rema! Rema! – gritávamos aflitos. A correnteza começava a arrastá-lo – embora na direção da ilha.

Hora: 8h55 – Distância da ilha: cerca de seiscentos metros. Distância da margem: duzentos metros (nota: barco deslocando-se rapidamente). Profundidade da água: vinte a trinta metros. Expressão do rosto: impossível de descrever; mantinha-se agora voltado para a ilha.

Este nevoeiro, o nevoeiro que então cobriu tudo, não é – não era – incomum... Não é, não. Durante uma, duas horas não víamos nada. Gritávamos, ele não respondia.

Quando o nevoeiro desapareceu, não havia barco algum. A ilha estava lá, a vegetação, as caveiras, mas o barco não.

E nós nem sabíamos onde ele morava. Não sabíamos nem o nome dele completo.

Hora: 10h15 – Distância da ilha: cerca de quinhentos metros. Distância da margem: trezentos metros. Profundidade da água: vinte a trinta metros. Expressão dos rostos (nota: dos nossos): tranquila, como regra geral.

Às vezes costumamos passear por aqui. Toda a antiga turma no barco (quase um iate) do Rui.

Não falamos sobre a ilha, mas a miramos de relance. Uma ponte a liga à margem – à outra margem, não à nossa. Ainda há árvores, mas as caveiras de bois desapareceram. E constroem nela – uma fábrica, parece. Pilastras de concreto se erguem altas, alvacentas contra o verde-escuro da vegetação. E chaminés.

Quem é o dono disto? – pergunto, e ninguém responde. A hora é 10h30, a distância da ilha de quatrocentos metros e a expressão dos rostos – de todos que vejo – é de calma indiferença.

Ecológica

Isto aqui já foi muito bucólico, vocês sabem. A campina, os pássaros, a brisa, o riacho. Muito tranquilo, antes.

Agora, não. Agora, acontecem coisas. Por exemplo: dois pontos aparecem no horizonte. Vão se aproximando lentamente; por fim se definem. Trata-se de um casal. Ele, um homem gordo, de idade, usa terno branco, gravata vermelha e chapéu-panamá; enxuga com um grande lenço o rosto vermelho e suarento. (No terno branco reconheço o linho; fibras de plantas que uma vez cresceram num prado igual a este. Pobres fibras, pobres plantas.)

A mulher também é gorda, e baixota. Também está suada, mas não se enxuga; resmunga constantemente. Reconheço, no vestido da mulher, seda; substância extraída do casulo de larvas, e depois esticada, e depois tingida, e depois cortada, e costurada. Pobres larvas, pobre substância. Pobre seda.

Se aproximam. Mais. Estão agora a três metros, se tanto. Olham para cima, se abraçam, se põem a chorar. Isto mesmo: choram. Choram, choram... Finalmente, o homem enxuga as lágrimas com o lenço (reconheço ali o algodão. Pobre algodão.), dá um passo a frente, sempre olhando para cima e diz, com voz lacrimosa:

– Desce daí, filha. Desce daí e vem conversar com teus pais.

Figura triste, a deste velho choroso.

– Custamos a te achar, filha. Viajamos de avião, e depois de ônibus... E este último trecho tivemos de fazer a pé, porque não há estradas... Ai, filha, estamos mortos, filha! Anda, desce daí e vem conversar com a gente.

Silêncio.

(Mentira: aqui nunca há silêncio completo, por causa da brisa e dos pássaros; mas estes são sons da natureza. Agora – estes soluços? Este resfolegar? Isto não. Isto não é da natureza. Coisa nojenta.)

– Desce daí, filha. – A ladainha do velho continua. – Onde é que já se viu alguém morar em cima de uma árvore? Tu és bicho, por acaso? Tu não és bicho, filha. Anda, desce, vem dar um abraço nos teus pais. Anda. Vamos esquecer tudo.

Nenhuma resposta.

– Mas tu não vês que estás matando tua mãe?

Ah. Isto agora foi um brado. Desaforo!

– Desce, filha! Desce, pelo amor de Deus!

Agora é a velha gritando. A velha também! Com sua voz esganiçada!

– Olha a tua cara! Olha o teu cabelo! Parece palha!

Palha. Conheço: aquilo que fica no trigo, do feno, depois que eles batem, depois que eles... Melhor não falar. Brutos. Pobres plantas, pobre palha.

– Filha! – (A velha, ainda). – Eu trouxe maçãs, filha. Desce, vem comer com a gente, filha! Maçãs, que tu gostas tanto!

Maçãs! Isto agora é demais. Então se atreveram a arrancar maçãs de uma árvore? E me oferecem assim, sem o mínimo pudor? Mas que gente! Poderiam oferecer a uma mãe o filho assado, estes dois!

– Desce, filha!

Nunca.

– Desce!

Que gritem à vontade.

O tempo passa. A gente sabe que o tempo passa, aqui. A gente sabe que há dias e noites, chuva e sol, calor, frio, calor. Agora, por exemplo, anoitece. É tão lógico, isto, tão certo que anoiteça! Mas eles, os velhos, não sabem que aqui anoitece. Se assustam, olham ao redor, trocam frases em voz baixa. Que temem? Os bichos? Pobres bichos!

Vão-se, apressados. O velho ainda se vira:

– Voltamos amanhã, filha.

Que voltem. Não tenho nada com isto. Vocês sabem: *eu sou a árvore.*

Antes do investimento

Não tínhamos dinheiro para a passagem de ônibus até a próxima cidade, de modo que meu amigo sugeriu irmos de trem de carga, a condução dos espertos. Quando anoiteceu, corremos a nos esconder num vagão vazio. Ofegantes, fechamos a pesada porta e nos estendemos sobre o chão. Estávamos cansados e famintos.

Senti um cheiro.

– Amigo, não nota nada de estranho aqui?

Não respondeu. Esqueci o cheiro. Reparei então que estávamos deitados sobre palha, uma camada fina de palha. Fina demais, na verdade – parecíamos tão longe do verdadeiro assoalho do vagão.

– Não lhe parece pouca palha, amigo?

No escuro eu ouvia sua respiração ofegante. Suspirou e disse:

— Amigo, tu fazes muitas perguntas. Por que não calas a boca e dormes?

Amanhã temos muito trabalho, amigo.

Meu amigo não gosta de fazer perguntas desnecessárias. Quanto a mim, tenho uma curiosidade inata. Meu pai dizia que eu seria cientista. Deus já lhe desculpou o engano, e ele repousa em paz.

Continuei pensando e me fazendo perguntas enquanto meus dedos exploravam a palha. Entretanto, não quis que meu amigo percebesse que continuava a pesquisa, podia ofender-se. Perguntei, casualmente:

— Amigo, como se chama esta cidade?

— Tu sabes, amigo – ele resmungou.

— Sei – confessei. E continuei: – não te parece uma cidade estranha, amigo?

Agora ele estava irritado.

— Estranha nada, amigo. Tudo é estranho para ti. Assim nunca progredirás na vida, entendes? Tens que conhecer as cidades e as pessoas como a tua própria fuça, para saber explorar os pontos fracos e aproveitar as chances. Entendes? Agora dorme, amigo. Amanhã teremos muito trabalho. Vamos ficar ricos, amigo.

Aí descobri algo na palha.

Toquei no ombro dele.

— Amigo.

— Que é, velho?

— O que poderia ser uma coisinha de uns três ou quatro centímetros, grosseiramente cilíndrica, com as pontas mais grossas, dura, lisa, seca?

Não respondeu.

Insisti:

— Que te parece, amigo?

— Me parece que não poderei dormir.

Ignorei a descortesia.

— Não poderia ser uma falangeta, amigo?

— O que é uma falangeta?

— Um osso do dedo. O osso bem seco, descarnado.

Ele estava quieto. Mas não dormia; adivinhei que tinha perdido o sono.

— Pega aqui, amigo.

Ele hesitou, mas acabou por aceitar a falangeta.

— E então? Que te parece?

Ele não respondeu. Vou falar um pouco sobre meu amigo: é um homem jovem, calmo, ponderado, arguto. Pensa em ficar rico fazendo negócios audazes.

Ainda não conseguiu, mas acho que está muito próximo deste objetivo. Encontramo-nos por acaso, já que eu sou pura e simplesmente um vagabundo curioso. Fomos de cidade em cidade: eu, atrás de comida, roupa velha, uma que outra mulher de vez em quando: ele, farejando bons negócios. Acredita ter chegado a hora.

— Não. Me parece um pedaço de bambu. É isso; um pedacinho de bambu. Sabemos que a cidade tem grandes plantações de bambu e que, inclusive, vão construir uma gigantesca fábrica de móveis de bambu.

A construção desta fábrica ainda está em segredo, mas ele descobriu. É esperto, o meu amigo.

— Joga fora esta porcaria.

A mim me parece que, se os bambus são tão úteis, não é justo chamá-los de porcaria. Mas meu amigo sabe o que diz e eu jogo fora a falangeta.

— O que há com este trem que não sai?

O amigo é impaciente. Quer que viajemos logo: na próxima cidade ficaremos ricos. O plano é muito simples: o governo da cidade do bambu lançou títulos da dívida pública. Por enquanto estes títulos não valem nada. Com a construção da fábrica de móveis de bambu a sua cotação subirá enormemente.

Ninguém sabe desta fábrica, na cidade vizinha: compraremos os títulos lá, a preço de banana, e os venderemos dez vezes mais caro.

Continuo a explorar a palha.

— Amigo...

— O que é?

— Uma coisa comprida, lisa e dura, com uma espécie de cabeça... O que poderia ser?

Ele hesita e opta por rir.

— Já conheço esta brincadeira, mas não me lembro da resposta...

— Não é brincadeira, amigo. É uma coisa que tenho aqui na mão.

— Ah, ah, ah!

Não vejo motivo para riso.

— Não seria um fêmur, amigo? Um fêmur humano?

Ele para de rir.

— Deixa-me ver.

Passo-lhe o fêmur. Ele fica em silêncio por uns momentos.

— Não. Me parece um bambu. Nota como é forte e duro o bambu desta cidade.

É de se admirar que eles não tenham pensado há mais tempo em fazer móveis deste material.

Continuo achando que é um fêmur, mas fico quieto para evitar polêmicas.

Resolvo mudar de assunto:

— Amigo, o trem não deveria ter saído logo ao anoitecer? É estranho, isso.

Ele fica de pé:

— Já vi que não dá mesmo para dormir! Está bem, o trem não saiu. E daí? Atrasou, pronto. Não é frequente que os trens se atrasem? Para ti tudo é estranho. O bambu é estranho, a cidade é estranha.

— Ouvi histórias a respeito desta cidade, amigo...

— Histórias!

— Dizem que trazem operários de todo o país para trabalhar aqui. Durante meses não recebem pagamento.

— E daí? Eles não reclamam?

— Não, somem.

— Somem? Só tu mesmo para acreditar nisto. Como é que um operário vai sumir assim no mais?

Fiquei pensando numa explicação, mas meu amigo não me deixou responder:

– Além disto, somos investidores; interessa-nos o dinheiro, não de onde ele surge. Amanhã vamos comprar títulos...

Eu ia perguntar de onde tiraríamos capital para os tais títulos, mas resolvi ficar quieto: meu amigo é esperto e sabe. Fiquei a distrair-me com uma espécie de bolsa com duas cavidades semelhantes a órbitas. Interessante: eu nunca vira bambu com aquele formato.

– Se o trem sai agora, chegamos lá às dez.

O trem não saiu. De repente, abriram a porta do vagão: eram os guardas do prefeito.

Acho que vamos fazer esta viagem mais tarde: debaixo da palha.

Comunicação

Roberto recebe um telefonema aflito de seu irmão Marcelo. A linha está má, e tudo o que Roberto consegue perceber é a palavra "morreu".

– Morreu quem? Quem morreu? – grita Roberto.

Está angustiado. Gagueja, repete as frases.

A linha, porém, está má. Aos gritos, dizem-se que devem ligar de novo. Roberto desliga e espera, impaciente, o telefone tocar. Segundos ou minutos se escoam e o aparelho continua mudo. Ocorre-lhe que cabe a ele, talvez, ligar.

– Mas se eu ligar – diz, em voz alta –, é possível que Marcelo pense que ele é quem deve ligar; e, se o fizer, encontrará o telefone ocupado. Melhor não ligar.

Continua esperando. O telefone não toca. O tempo passa.

Num impulso, tira o telefone do gancho e disca; tal como temia, ao número de Marcelo corresponde o sinal de ocupado. Coloca o telefone no gancho. Espera algum tempo, fumando e caminhando de um lado para outro. Embora esteja convencido de que não deve discar, não se contém e disca. Ouve de novo o sinal de ocupado.

Assuma-se, para retirar o telefone do gancho, um segundo; para discar, oito segundos; para reconhecer que a linha está ocupada, dois segundos; para esperar ansiosamente até discar de novo, quinze a quarenta segundos. Calcula-se que tempo levará Roberto para encontrar o aparelho de Marcelo desocupado. Como subproduto, tente-se adivinhar quem morreu.

Alô, alô

Irma, mulher profundamente religiosa, apaixona-se por seu companheiro de trabalho Teófilo, que é ateu. Sabendo que não poderá jamais casar com um homem de quem está separada pelas barreiras da fé, decide afastar-se dele, sem revelar seus sentimentos. Pede demissão do emprego, muda-se para um bairro distante e entrega-se a uma existência ascética.

Sucedem-se os jejuns e as penitências.

Seu amor, porém, não morre, e Irma é atormentada por saudades. Todas as noites liga para Teófilo.

– Pronto! – é ele.

Irma, calada.

– Alô! Pronto!

Ouvindo a voz querida, Irma estremece de dor e de gozo.

– Alô! Quem é que está falando? Responde!

Irma tapa o bocal com a mão e beija silenciosamente os nós dos dedos.

— Fala, animal! Te identifica!

Irma contém um soluço, enquanto o telefone despeja palavrões. Finalmente, ela desliga.

Todas as noites é a mesma coisa. Teófilo está furioso. Já não come nem dorme, tamanha é sua raiva. E não sabe o que fazer.

A conselho de amigos solicita o auxílio da polícia. As investigações revelam que as chamadas partem do telefone de Irma. Teófilo é avisado para prevenir a delegacia tão logo receba o telefonema misterioso.

É o que faz.

Os policiais invadem o apartamento de Irma e a surpreendem, no meio da ligação, a beijar o dorso da mão magra. Alucinada, atira-se pela janela. Felizmente o edifício é baixo e ela sofre apenas escoriações. Depois de medicada é levada à delegacia.

Teófilo é chamado.

Ao ver Irma entre os policiais, grande é o seu espanto. E para surpresa de todos:

— Mas eu te amava, Irma! — grita. — Eu te amava!

— Vade retro, Satanás! — responde ela chorando. Os jornalistas presentes compreendem sua dor.

O doutor Shylock

Dizem que o doutor Shylock foi, em outros tempos, um usurário terrível. Contam que emprestou certa quantia a um jovem, pedindo como única garantia um quilo da própria carne do devedor. Este concordou, certo de saldar sua dívida em tempo hábil. Tal, entretanto, não aconteceu; Shylock – insensível aos apelos das pessoas de bem – exigiu o cumprimento do que fora pactuado.

Felizmente, um hábil advogado assumiu a defesa do pobre moço; diante do Tribunal lembrou que o acordo mencionava expressamente carne e não sangue; o usuário poderia cortar a carne – mas não derramar sangue; nem uma gota sequer. A esta hábil argumentação, Shylock não teve outro remédio senão o de bater em retirada, sob as risadas gerais.

Isto foi há muito tempo. Hoje o doutor Shylock é um famoso cirurgião. Tem suas manias, é verdade. Por exemplo, manda pesar cada órgão e cada tumor que extirpa; se a balança acusa um quilo, ri e bate palmas; se mostra mais, ou menos, retira-se, acabrunhado.

Ninguém dá importância a esta esquisitice. O que todos – profissionais e leigos – comentam, é a fantástica habilidade do doutor Shylock: realiza as mais complicadas operações sem derramar sequer uma gota de sangue.

Livros do autor publicados pela **L&PM** Editores:

Uma autobiografia literária – O texto, ou: a vida
O carnaval dos animais
Cenas da vida minúscula
O ciclo das águas
Os deuses de Raquel
Dicionário do viajante insólito
Doutor Miragem
A estranha nação de Rafael Mendes
O exército de um homem só
A festa no castelo
A guerra no Bom Fim
Uma história farroupilha
Histórias de Porto Alegre
Histórias para (quase) todos os gostos
Histórias que os jornais não contam
A massagista japonesa
Max e os felinos
Mês de cães danados
Minha mãe não dorme enquanto eu não chegar e outras crônicas
Pai e filho, filho e pai e outros contos
Pega pra Kaputt! (com Josué Guimarães, Luis Fernando Verissimo e Edgar Vasques)
Se eu fosse Rothschild
Os voluntários

lepmeditores
www.lpm.com.br
o site que conta tudo

IMPRESSÃO:

PALLOTTI
GRÁFICA

Santa Maria - RS | Fone: (55) 3220.4500
www.graficapallotti.com.br